浙大先生書系編委會

主　編：黃華新　樓含松

副主編：沈　玉　馮國棟

編　委（按姓氏首字音序排列）：

何善蒙　胡可先　黃厚明　劉進寶

沈華清　陶　然　王　俊　吳錚强

項隆元　張　凱　張穎嵐

新编

风雨龙吟楼诗词集

张梦新　任平　主编

浙江大学出版社
ZHEJIANG UNIVERSITY PRESS

國立浙江大學龍泉分校全景

國立浙江大學龍泉分校教工宿舍風雨龍吟樓

浙江大學龍泉分校舊址

浙江大學龍泉分校舊址石碑

小重山

风雨龙吟楼报促催，俗语讹为密语非。人静鼓鼙鸣遯世，懒周旋，拚受人嘲讥。独卧雁连天，招手武夷仙，你来吾去素飙驰。须南鹤陪归去，匡床下，一片是冰肌

临江仙

龙泉窑里松阴合，风雨泄虚无。美蓁樯未苦兮社惚。横头卧狱就不更，萍蓬皮千天铁，对别海月发我眷。天外西峭阔干笮，龙眼目东三去鹤无涯。尔拏剑气满南东，雷霆喜破壁瓜。甲剥擎空，横国帖处谈金戈。谁难雅乐皮。

里南钧求

敬五 雨先生志正

眯浴

洄嘉

夏承焘手迹

临江仙

老树不风偏有韵，淡烟浅霭成围，孤城斗转入平芜。长空一鸟下，宛塔乱云扶。乾水梅山都晋近，何人得见真吾。最爱明霞最模糊，夕阳如琥珀，写浮岚诗无

瑞鹧鸪

绿丝风雨两强登，蹰折得桃花，不自动一样淒凉家国事和泪。疏惜岁时心。眼前芳州无行绦，身外浮云入浪吟。到底最爱明霞最糊。

千秋岁

闻慈先我在，却缘相避转相承。

徐震堮手迹

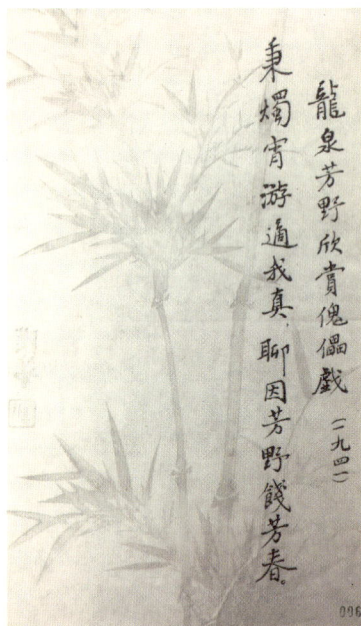

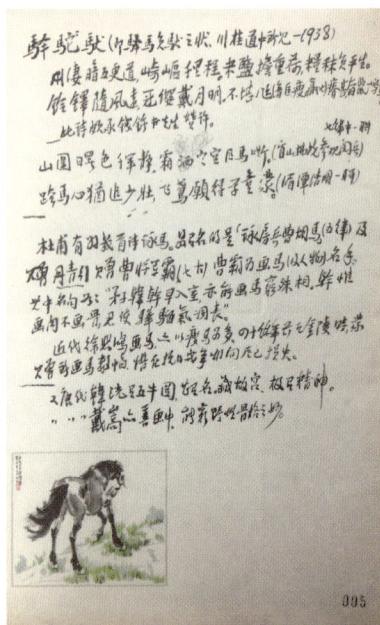

龍泉芳野欣賞傀儡戲（一九四二）

東燭宵游遍我真 聊因芳野餞芳春。

郑晓沧手迹

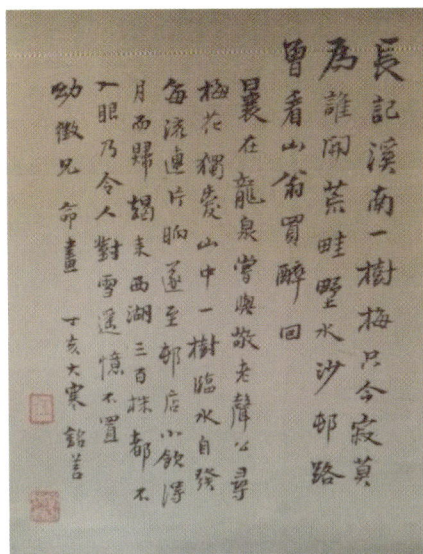

任铭善手迹

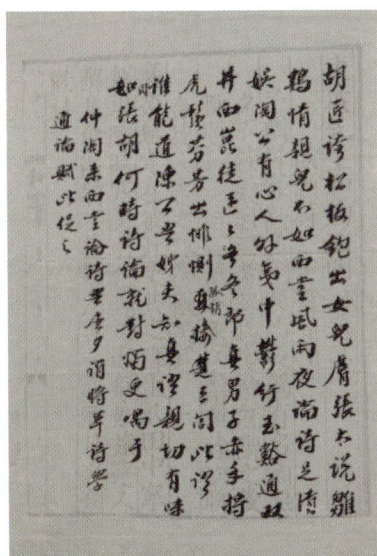

王季思手迹

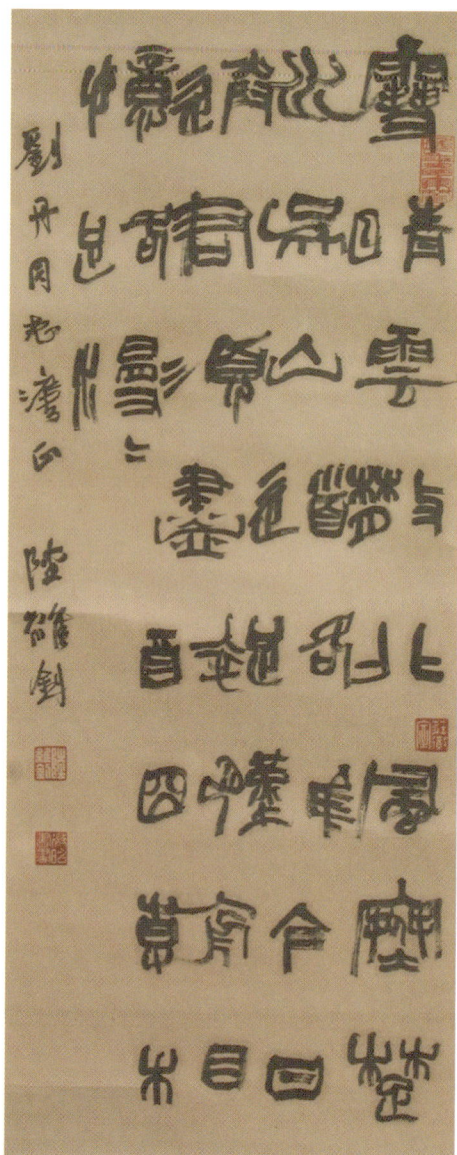

陆维钊手迹

人生要作嶺頭松，
雪壓霜欺不改容。
腳底歲崢嶸，
何足畏相將天上，
最高峰

己丑暮春施亞西寫
心叔師詩意

施亞西畫任銘善詩意

以弦以歌莊誦讀規追鹿洞

學書學劍羨生清福到龍泉

浙江大學龍泉分校 胡倫清 撰聯

丁酉二月任平 重書

浙江大學龍泉分校胡倫清撰聯，任平書

浙大先生書系前言

國有成均，在浙之濱。

浙江大學已經走過一百二十多個春秋。她誕生於維新圖變的晚清，在近現代中國社會的風雲變幻中頑強成長；她崛起在烽火連天的抗戰時期，爲民族續文脈，爲華夏育英才，艱苦卓絕，可歌可泣；新中國成立後，她在時代大潮中分流異派，砥礪前行；20 年前，同根同源的四所高校再次合聚一體，秉承"求是創新"的精神，以浩蕩之勢，實現了跨越式的發展。如今，浙大已繪就"雙一流"的建設藍圖，正以奮發昂揚的志氣，堅定笃實的步履，向着遠大目標挺進。浙江大學的發展，與國家同命運共呼吸，她的未來，也必將隨着中華民族的偉大復興，以"東方劍橋"的雄姿屹立於世界。

浙江大學人文學院的前身是創辦於 1897 年的求是書院和育英書院的相關學科。求是書院幾經演變，到 1928 年發展爲浙江大學，設立了文理學院，1939 年文、理學院分設。育英書院 1914 年發展爲之江大學，1940 年設文學院。1952 年全國院系調整，浙江大學的師範學院、文學院和理學院的一部分與之江大學文理學院合併組建爲浙江師範學院。1958 年浙江師範學院與新建的杭州大學合併，定名爲杭州大學，設中文、歷史、哲學等學科。1992 年，杭州大學成立人文學院。1987 年浙江大學復設中文系等人文學科，1995 年成立人文學院。1998 年 9 月，浙江大學、杭州大學、浙江農業大學和浙江醫科大學合併組建爲新的浙江大學。1999 年 7 月，整合原四校人文學科的新浙江大學人文學院正式成立。

在百餘年的發展歷程中，衆多著名學者、教育家先後在浙大任教，勞乃宣、邵裴子、宋恕、張相、馬敍倫、梅光迪、錢穆、張其昀、賀昌群、張蔭麟、錢基博、林漢達、夏承燾、姜亮夫、胡士瑩、任銘善、王季思、嚴群、沈煉之、蔣禮鴻、沈文倬、徐規、徐朔方、吳熊和……這些閃光的名字如奎壁星光，照耀着歷史的夜空。先生們的學術事業，薪火相傳，深刻影響着浙大人文學科的研究領域和學術風格。先生們的人格魅力，潛移默化，積澱而爲浙大文化的深厚底蘊，也是維系校友情感的重要紐帶，彰顯學校實力和聲譽的耀眼標識。

在浙江大學建校 120 周年之際，爲系統梳理我們的人文學術傳統，深入挖掘寶貴的學術遺產，生動展示先生們的人生行迹和精神風貌，繼承弘揚先輩的志業，人文學院決定編輯"浙大先生書系"。該書系由兩個部分組成：一是"浙大人文先生印象"系列，圍繞人物，蒐集友朋、同仁、學生等對先生們的回憶、紀念、評論文章，還有先生們的詩文作品，通過生動可感的文字，多角度多層次展示先生們的生平故事與性格情懷；二是"浙大人文先生學案"系列，借鑒中國傳統學術史著作"學案"的體例，立足學術，通過紹述學統，概攬經典，以嘉惠學人。兩個系列相輔相成，希望以此來立體呈現浙大人文學科的博大與厚重，表達我們對先輩的懷念與崇敬。

當這套叢書出版之時，正是浙江大學併校 20 周年之際。在這樣一個繼往開來的重要歷史節點上，叢書的出版又具有特殊的意義。先生們的學術遺產和精神感召，將激勵我們以更强的責任感和使命感投身於立德樹人、繁榮學術的事業，爲建設世界一流大學、建構人文"浙大學派"而努力！

前　言

　　1937 年"七七事變"後,日本開始了全面的侵華戰争。"八·一三"
淞滬戰役打響,日軍飛機轟炸上海、杭州等城市。爲救亡圖存和全
民族的振興,從 11 月 11 日開始,浙江大學師生在竺可楨校長帶領下,
懷著"教育救國,科學興邦"的理想,分批從杭州遷往建德;之後
又先後輾轉江西泰和、廣西宜山、貴州遵義辦學。浙大這次西遷,
歷時两年多,穿越南方七省,行程 2600 餘公里,譜寫了一部"文軍
長征"的偉大史詩。

　　在浙江大學西遷的征程中,有一段重要的歷史尚不爲人熟知,
那就是浙大遷在浙江龍泉創辦過浙大龍泉分校。從 1939 年秋招收第
一屆 120 名學生,到 1945 年 11 月遷回杭州,浙江大學龍泉分校先
後辦學七年,培養了 1000 餘名學生。七年,在歷史長河中雖只是短
暫的瞬間,但其折射的光芒,却使浙大文軍西征和整個浙大的歷史
變得更爲壯麗輝煌。在這裏,筆者想引用 1939 年 10 月 8 日在浙江
大學龍泉分校首屆新生開學典禮上英語教授林天蘭的一段講話。其
大意是:

　　浙大浙東分校（按:於 1940 年 4 月 1 日起即改名爲浙江大學
龍泉分校）的建立,從表面看是爲了解決東南各省優秀青年的升學
問題,但是其最大的意義則在於顯示我們中國具有最偉大的力量。
"七七事變"以來,據美國某通訊社記者報導,敵國日本没有增設一

所新學校，而在被侵略之中國反而增設大學，這在東南各省人士來説，尤其足以自豪。在浙東分校創辦前一年，印度舉行基督教代表大會，有一位中國某大學的代表受到美國總統的約見，當美國總統聽説中國許多大學向内地遷徙並繼續開學時，感到非常驚奇和欽佩，並且詳細詢問了遷校的辦法。現在我們浙大不但遷校，而且在靠近敵佔區的地方增設了分校，如此偉大的事業，就是在世界教育史上也是罕見的。(録自《情繫芳野》一書中毛昭晰《芳野與浙大龍泉分校》)

浙江大學龍泉分校辦在位於龍泉縣城東隅約六里的芳野。芳野原名坊下，因該村古時有座葉氏節孝牌坊而得名。它三面環山，小溪沿村流過，風景秀麗。據原寧波大學校長朱兆祥教授回憶，其在龍泉分校求學時，曾聆聽過時任浙江大學龍泉分校主任鄭曉滄先生的演講。那是在 1941 年的一次全校師生集會上。曉滄先生是旅居海外多年的教育家、翻譯家兼詩人，當他演講時見到紅霞滿天，漫山紅葉，遍地野菊花更是香飄原野，頓時觸景生情，脱口成詩:“數峰嵐翠裏,三五白鷳飛。野芳多映日,紅樹好題詩。”或許是“野芳”二字啟發了他,或許因曉滄先生是海寧人,海寧方言中“坊下”和“芳野”同音，而在英語裏“Fine yard”不但諧音而且諧意，於是曉滄先生就當場提議把“坊下”改爲“芳野”,全校師生紛紛熱烈鼓掌認同。

分校校址設在曾家大屋，這是一幢建於 1932 年的中西合璧的建築，建築面積約 3000 多平方米，共有 72 個房間。正房共三層，一樓作總務處辦公室、會客室、實驗室；二樓作辦公室、教室、圖書室、醫務室；三樓作教職員宿舍。分校最初設有文學、理學、工學、農學四個學院。

當時，一批批來自浙、閩、贛、蘇、滬、皖等地的愛國青年紛紛前來求學。1941 年起因學生人數增多，於是在離坊下約一里餘的石坑壠村又新建了師範學院的教室，以及教職員宿舍、學生宿舍和大膳廳等八幢簡易房。分校校舍就分爲了兩部：一部在坊下，爲行政各辦公室及理學、工學、農學三個學院學生的學習與住宿之所；二部在石坑壠，爲文學、師範兩學院及師範專科生的教室、宿舍和膳廳等所在。在石坑壠的八幢房子中，唯一的一幢二層樓建築是教職員宿舍，這是一幢用竹竿、松樹搭建的房子，屋頂蓋的是杉樹皮。雖然校舍簡陋，但當時的師資却是一流的，如在文學院、師範學院任教的就有鄭曉滄、徐震堮、夏承燾、王季思、王敬五、陸維釗、任銘善等先生，他們都居住在此。由於房子四周都是松林，風雨之夜，松濤撼屋，如同虎嘯龍吟，先生們便給這幢教職工宿舍取名"風雨龍吟樓"。

著名戲曲史論家、文學史家、中山大學的王季思教授曾撰文回憶道：

當時中文系教師同住在集體宿舍的，除瞿禪（按：即著名詞學專家夏承燾，瞿禪是其字）和我外，還有嘉善徐聲越（按：即著名學者、詩人和翻譯家徐震堮，後爲華師大教授），是我松江女中的老同事；如皋任心叔（按：即著名語言學家任銘善，心叔是其字），是瞿禪之江大學的學生。老一輩還有章太炎的弟子壽縣孫養臞先生（按：即孫傳瑗，養臞是其號）。……思想上的同仇敵愾使我們休戚相關；學問上的志趣相投又常得文字商量之樂。我們習慣於稱坊下爲"芳野"，稱那座集體宿舍爲"風雨龍吟樓"，多少表現我們的共同情趣。[①]

著名學者、華東師大中文系教授徐震堮也深情回憶浙江大學龍

① 見王季思《龍樓風雨對床眠》，載葉放主編《情繫芳野》，2002 年 6 月，天馬圖書有限公司。

003

泉分校的難忘歲月：

> 己卯（1939）秋，時抗戰已二年，余迫於生計，置家滬上，孑身走龍泉，執教於浙江大學分校。分校新建，局處山野間，同事才一二十人。翌年，王君季思自金華至，繼而海寧鄭先生曉滄來校主事，夏君瞿禪、孫先生養臞相繼萃止。數人者相與徜徉山澤間，弦誦之隙，以詩詞相唱和，竹樓數楹，一燈相對，雖在兵塵倉攘之中，而意氣不少衰。鄭先生摘少陵句名其樓曰：「風雨龍吟」。辛巳（1941）春，敬五（按：即海寧王敬五）先生自碧湖攜家至龍泉，爲分校主任掌文牘，賃居村舍中。稍後，任君心叔又自上海來，竹樓之吟事益盛。[1]

由上述兩段引文我們可以知道，當時鄭曉滄、徐震堮、夏承燾、王季思、王敬五、陸維釗、任銘善等先生在暇時經常吟詩作詞，並成立了「風雨龍吟社」，時常雅集，互相唱和。這些老一輩浙大學人在抗日烽火燃燒，國家民族危亡的時刻弦歌不輟，展現了中國知識份子剛毅忠勇的寶貴品格，傳承了中華民族的血脉和「求是」精神，這正是我們今天極爲寶貴的財富。

這些詩詞，當時曾編撰成《風雨龍吟集》，但今已不傳，甚爲可惜。我們認爲寫於抗戰時期的這些詩詞，既是浙大西遷在龍泉辦學的珍貴史料，也是知識分子愛國救亡心聲的反映；既是老浙大龍泉分校抗戰時期生活的實録，客觀、真實地反映了「龍泉學舍，生計日艱」、「山中憂饑」「有斷炊之虞」的日子，也抒寫了浙大學人憂國憂民、教育救國的襟懷，傾吐了抗日愛國的心聲。而且這些作者都是國內一流

---

[1] 見徐聲越《敬五詩存附詞稿序》。

的學者名宿，其中佳篇名作疊出，即便從詩詞的思想性、藝術性來看，亦堪稱中國現代詩詞百花園中的奇珍異葩。當是中國近當代詩詞寶庫中重要的組成部分，具有重要的史料價值、文學價值。

　　我倆分別是原杭州大學 1977 級和 1978 級學生，並都有幸畢業後留在中文系任教。而任平的父親任銘善先生當年就在浙江大學龍泉分校文學院任教，張夢新的父親張本然先生則是浙江大學龍泉分校師範學院 1944 屆畢業生。2016 年 9 月下旬，我倆曾一起專程去上海拜訪了華東師大老教授施亞西先生，她是張夢新父親當年浙江大學龍泉分校國文系的同班同學，也是吳熊和教授 50 年代在華東師大讀書時的老師。施老先生今年已 94 歲高齡，但耳聰目明，精神矍鑠，聊起當年在老浙大龍泉分校的學習和生活，眉飛色舞，談興甚高，對那些老師更是充滿了感激之情。老先生在時隔 70 餘年後還能清楚地記得當時那些老師的宿舍位置，還親手繪製了風雨龍吟樓中教師宿舍的平面圖，令人驚歎。

　　2016 年國慶期間，我倆又去了龍泉曾家大屋浙江大學龍泉分校舊址。浙大龍泉分校舊址現已從浙江省省級文物保護單位升級爲國家級文物保護單位。龍泉市委、市政府對當年老浙大在龍泉辦學的這段歷史高度重視，不但重新裝修了曾家大屋，新增了許多龍泉分校的實物和史料，還在舊址前新建了龍泉浙大中學，該中學已於 9 月開始招生並正式開學。據龍泉市城建局周局長介紹，還將在龍泉分校舊址北面修建浙大廣場。我們慢慢行走在曾家大屋，觀看着那些史料，仿佛見了當年老浙大龍泉分校師生在昏暗的油燈下刻苦學習的身影，聽到了鄭曉滄、徐震堮、夏承燾、王季思、王敬五、陸維釗、任銘善等先生吟詩作賦時的豪放談笑聲，一種緬懷父輩、追尋先賢足跡、傳承求是文脉的激情油然而生。

　　2017 年 1 月 24 日，李克強總理在參觀昆明西南聯大舊址時説：

"聯人以'剛毅堅卓'爲校訓,在極端艱難困苦中弦歌不輟,大師輩出,賡續了我們民族的文化血脈,保存了知識和文明的火種。這不僅是中國教育史上的奇跡,也是世界教育史上的奇跡。"(據 2017 年 1 月 25 日人民網時政頻道)我們認爲,總理的這一評價,也同樣適合抗戰時西遷的老浙江大學。

今年是浙江大學建校 120 周年,也是老浙大西遷 80 周年。作爲母校的學子,中文系的畢業生,我們決定從當年在浙江大學龍泉分校文學院、師範學院任教的老先生的詩文集中搜選出在龍泉創作的詩詞,連袂編撰這本《新編風雨龍吟樓詩詞集》,作爲對浙江大學校慶的獻禮。之所以取名"新編",既是尊重歷史事實,也爲了可以增加一些當年學生的詩詞,使書稿的內容更爲豐富全面。爲了方便閱讀,我們對詩詞中的一些詞語作了注釋。

本書的編寫,得到了浙江大學人文學院院長黃華新教授、黨委書記樓含松教授的大力支持。浙江大學出版社宋旭華先生作爲本書的責任編輯,對本書的文字、注釋、圖片、版式等認真把關,出力甚多。浙江大學檔案館提供了浙大龍泉分校的老照片。在此,謹一併表示衷心的感謝!由於成書倉促,有些本該收入的原風雨龍吟樓詩詞或許還有遺漏,一些地方或有謬誤,尚期老浙大龍泉分校的前輩學長、方家、學者和讀者朋友們指正及補充。

張夢新　任　平

2017 年 1 月 27 日(丙申年除夕)於杭州

目　録

浙江大學龍泉分校部分教師詩詞

浙江大學龍泉分校部分學生詩詞

附　錄

浙江大學龍泉分校部分教師詩詞

鄭曉滄

鄭曉滄 (1892—1979)，名宗海，字曉滄，浙江海寧人。著名教育學家，美國威斯康辛大學教育學學士和哥倫比亞大學師範學院教育學博士。曾任中央大學教育學院院長，浙江大學教育系主任、師範學院院長、代理校長，浙江師範學院院長，浙江省教育學會名譽會長等職。鄭曉滄是第二屆全國政協特邀代表、第三至五屆全國政協委員、浙江省政協常委，中國民主促進會中央委員、浙江省委常務委員。

1940 年任浙江大學龍泉分校主任，1943 年辭去龍泉分校主任之職，赴貴州浙江大學總校，任教育系系主任、研究院院長。

自麗水赴龍泉途中
一九四〇年

却曲羊腸路，　巉巖一徑盤。
敝車馳峻阪，　崩石咽危灘。
萬樹堆層翠，　千流湧激湍。
還疑行蜀道，　回首白雲漫。

龍泉旅樓困雨

春雨不知晴，　春雲無限情。

峰巒長白日，　松翠幾行青。

劍氣今何在？　川流久不平。

猶堪慰寂寞，　啼鳥兩三聲。

龍泉自題小影
一九四〇年

亂後知何世？　三秋夢裏笳。

滿郊猶虎豹，　歷劫未蟲沙。

青鬢飄零盡，　丹心磊落加。

家山不可見，　浪跡滯生涯。

垂老事無成，　蹉跎負一生。

皋比慚久坐，① 鼙鼓恨頻驚。

夔峽帷燈夢，　龍淵匣劍聲。

高山容坦臥，　況擁小書城。

注：① 皋比：虎皮。《宋史·張載傳》："嘗坐虎皮講《易》，京師聽從者甚衆。"後因稱任教爲"坐擁皋比"。

己卯除夕

一九四〇年二月七日

伏臘年時節，　山鄉俗不同。
尊前浮酒綠，　簷下映鐙紅。
梅餅分包贈，　花生積庫充。
偶從村落過，　伐鼓正蓬蓬。

流轉經三載，　艱危直到今。
萬方猶苦戰，　異縣幾沉吟。
親故睽離久，　邦家困厄深。
鏡湖三百里，　胡馬正南侵。

采眩春鐙亂，　聲喧臘鼓闐。
羈人驚改歲，　稚子樂新年。
遥角昏昏夜，　飛花漠漠天。
正愁貔虎士，　風雪戍江邊。

龍泉遇空襲警報，敵機未至，解除後即景
一九四〇年

閬苑疏鐘發，[①] 攜筇緩緩還。
白雲方度嶺， 紅日尚啣山。
犢轉芳田曲， 鳧眠淥水灣。
烽煙今不到， 天地亦悠閒。

注：① 閬苑：傳說中的神仙住處，常指宮苑，此處指龍泉分校校舍。

慶恩禪寺避警
一九四〇年

何處可藏身，　深山自有春。

千竿分綠潤，　一炷養天真。

榻靜堪飛夢，　心閒不染塵。

蝸居蕭寺裏，① 猶作太平民。

注：① 蕭寺：此指慶恩禪寺。《釋氏要覽》："今多稱僧居爲蕭寺者，是用梁武帝造寺，以姓爲題也。"

中秋之夕，龍泉大橋望月

誰捧金盤出，　徘徊霄漢間。
迷藏雲隱見，　明滅水斕斑。
應笑塵緣苦，　疇堪蜀道艱。
團圞今夜月，　只照血朱殷。

題龍泉浙贛路公餘社並寄競清先生

山城流浪裏，　　照眼有佳園。
竹茂鳴禽聚，　　花清麗日暄。
殷勤每投轄，　　戀慕輒停轅。
到此千憂散，　　不聞鼙鼓喧。

小園成久坐，　　春日間陰晴。
席石看爭弈，　　隔籬聞耦耕。①
花翻紅雨舞，　　藻動彩鱗驚。
處處天機暢，　　憑欄賞物情。

林泉愜幽興，　　好鳥數聲啼。
搖曳波斯菊，　　悠閒突厥雞。
靜觀皆自得，　　萬彙一相齊。
何處佳人笛，　　桃源徑已迷。

純青候爐火，　　神技運般斤。②
淬劍期驅虜，　　型車足軼群。
飛廉真孔武，③　汗馬並奇勳。
公事餘休沐，④　園亭坐夕曛。

朝發之江畔，　　暮棲章水邊。

蜿蜒車幾列，　　坦蕩路三千。

天狗頑相犯，　　蒼龍困不騫。

留廂懷囊日，　　復軌卜何年。

精舍一角，裝作車廂狀。人坐其中恍如上洪都時也。

天假雲林手，　　煙霞又一丘。

茅廬壓雪暖，　　穹木帶星流。

大地猶酣戰，　　何時續舊遊？

二分明月夜，　　清夢到揚州。

名庖調鼎鼐，⑤　　精舍備輜軒。⑥

時有英豪集，　　而無車馬喧。

聯床話風雨，　　決策動乾坤。

異日追前事，　　魂應戀此園。

注：①耦耕：兩人各持一耜駢肩而耕。　②般斤：般，指公輸般，即春秋時的名匠魯班。斤，斧頭。　③飛廉：亦作蜚廉。或謂是夏初時人，曾鑄九鼎於昆吾。或謂是殷末時人，善走，以材力事殷紂。　④休沐：休息沐浴，原指古代官吏的例假。此指休假。　⑤鼎鼐：古代炊器，多用青銅制成。　⑥輜軒：古代一種輕便的車。

筵罷歸來路中即景

客散尋歸路，　秋蟲猶自啼。
天邊衆峰静，　松外一星低。
遠愛樓燈亂，　還憐樹影迷。
徘徊花霧徑，　小立聽前溪。

卅年除夕會散後返寓途中

一九四二年二月十四日

會罷人散去，　孤筇度隴行。
酒驅霜力散，　松映月華清。
轉眼看新世，　癡心卜太平。
問天天不語，　空見斗杓傾。

竹口登半山 ①

風塵三日後，　憩望滌吾疲。
喧瀨驚前夢，　平山似故知。
静波浮白羽，　妙曲弄青枝。
誰道連峰外，　頻傳急鼓鼙。

注：① 竹口：位於麗水慶元縣西北的一個鎮。1942 年 8 月，抗戰
中的浙大龍泉分校一度從龍泉經小梅、竹口等地撤退到福建省松溪縣
的大坏村。

常衢寇退，泛松溪返龍泉途中

前月松溪路，　今朝又上灘。
蒼黃幾翻覆，　去住兩艱難。
高嶺蟬猶叫，　遙林葉始丹。
無窮寥廓意，　併作一秋看。

月夜一勘劫後龍泉

廢跡平眺遠，　危牆兀立高。

市廛曾鼎沸，^①瓦礫忽周遭。

紅燭燒逾壯，　黃鐘靜不撓。

被炸後，廢墟上帳篷攤，晚間競燒紅燭以招顧客。又大警
鐘自瞭望台墜地，偃臥瓦礫間。摩挲讀刻文，知尚爲南宋
紹興時所鑄造者。聲固甚宏，今則寂然矣。

無情是明月，　照徹益心忉。

（按：日機轟炸龍泉乃一九四二年七月二十日事）

注：① 市廛：商肆集中之處。

風雨龍吟社首次社集

高士愛幽林，　寧嫌雲屐深？
虯松能折節，　空谷有知音。
竚目山河靖，　長歌天地心。
斯文風雨會，　不絕聽龍吟。

讀英國史至夜分，即景感懷

何處遙征雁，　淒涼不可聽。

嚴霜欺薄纊，　皓月正中庭。

異域滄桑亟，　千秋汗竹青。

興亡無限恨，　鬱勃起西溟。^①

注： ① 鬱勃：旺盛。

卅一年除夕感懷，用去年除夕詩原韻

一九四三年二月四日

莫問塵寰事，　　璇璣自在行。

刁鳴催鬢白，　　瓢空益心清。

過隙光何迅，　　安樊氣肯平？

薪傳期不盡，　　誰與共扶傾。

西行未得，賦謝師友同學

未得乘風去，　心慚寵餞行。

棲原無定所，　留亦戀深情。

三匝瞻烏止，[①]　幾回班馬鳴。[②]

山川何日靖？　刮目也應驚。

注：① 三匝瞻烏止：曹操《短歌行》有"月明星稀，烏鵲南飛。繞樹三匝，何枝可依"之句。　② 李白《送友人》有"揮手自茲去，蕭蕭班馬鳴"之句。

芳野夜歸

村路屢縈紆，　昏黃低嶺隅。
塵間萬籟寂，　峰頂一星孤。
鳥宿高枝穩，　螢飛清夜徂。
此鄉如可住，　吾亦愛吾廬。

警報解除後，途中得句，因是成之

天際疏鐘發，　村郊緩步歸。

野芳多映日，　紅樹好題詩。

只覺秋光麗，　還憐稚子嬉。

不知千里內，　幾個哭傷夷。

喜見孟教授憲承來龍泉，[①] 重蒞浙大主分校教務，感賦長句

一九四〇年

星移物換尚流離，　　奔迸艱難又一時。

瘴雨龍江惜長別，　　慶雲括嶺喜昭垂。

多文夙仰人中傑，　　樂育咸尊海內師。

此去五湖歸夢近，　　佛山深處好棲遲。

注：① 孟教授憲承：孟憲承（1894—1967），字伯洪，江蘇武進人。教育家。1916 年畢業於上海聖約翰大學外文系，1920 年獲美國華盛頓大學教育學碩士後，又赴英國倫敦大學研究生院深造。抗戰期間曾擔任浙大龍泉分校教務長。1949 年後曾任華東師範大學校長等職。

遷居龍泉後，
蒙倫清聲越先後題詩相贈，^①步韻率和

突奧龍泉足息棲，^②　天南天北遍征鞏。

千山浪走情如夢，　　一覺醒來日已西。

老樹殷勤遮古屋，　　秋光明瑟媚前溪。

虛窗素壁才容膝，　　多謝諸賢爲品題。

注：①倫清聲越：指胡倫清和徐震堮。胡倫清（1896—1966），名永聲，以字行，海寧袁花人。北京大學中文系畢業。全面抗戰爆發後，杭高南遷碧湖，與他校合併爲聯合高級中學，他擔任教務主任。1939年校方開除七名愛國學生，激起公憤，學生紛紛集會、罷課，成爲轟動浙南的"七君子事件"。浙江省教育廳以解散聯高相威脅。胡挺身而出，反對開除，並設法調解，以其個人名義介紹七位同學轉學他校，事件始告平息。而他却因此被撤職，乃至浙大龍泉分校任教。1949年後歷任浙江大學、浙江師範學院、杭州大學教授。　②突奧：室之東南隅为突，西南隅为奧，喻隐暗之处，或喻深邃。

記庚辰除夕

一九四一年一月二十六日

三兒臥疾連三月，　　一室幽居共一筵。
危苦久磨真似夢，　　艱難能笑已如仙。
長懷離散諸親舊，　　不記流亡幾歲年。
殘臘減消殃盡去，　　妻孥歡樂滿燈前。

哭瑞芬女弟

一電傳來消息惡，　　　驚聞吾妹忽身亡。
婚才四月緣何淺，　　　魂隔千山路正長。
老母眼穿猶盼雁，　　　新郎腸斷屢呼凰。
人生到此寧堪問？　　　芻狗蒼生問彼蒼。

我年十八汝降世，　　　嬌小玲瓏仰母慈。
我今五十汝辭世，　　　教我如何塞母悲。
同地護持愧疏略，　　　漫天風雨益淒其。
美景良辰留不得，　　　賀詩才作又哀詩。

憶自狼煙海上來，　　　三年離合總堪哀。
當時同乘嚴州去，　　　越稅浮槎婺郡回。
老樹遭風寧得靜？　　　幽蘭著霰忽驚摧。
干戈待定知何日，　　　化鶴歸鄉已劫灰。

雨留七日不爲多，　　　公事催人又渡河。
伉儷聯翩扶上道，　　　鴛鴦比翼試淩波。
新霜老樹酣丹彩，　　　初霽環峰著黛螺。

　　　　　　　　　回憶去秋碧湖話別情景。

秋水伊人疑宛在，　　　那堪重向碧湖過。

送女兒鍾英出發往昆明有感

惆悵吾兒竟去矣！　西南萬里獨登程。

旌旗遍野人難越，　矰繳盈天雁遠征。

鳥道豈能通洱海？　龍門今豈徙昆明！

天涯遊子歸來日，　願宰肥豚爲爾烹。

龍泉不寐，得句，旋足成之

一九四〇年

龍泉寧有潛龍蟄，[①] 俗敝民貧奈爾何！

烈日敲神祈免旱， 深宵振鼓聽驅儺。[②]

人窮半仰菰爲活，[③] 田少長愁穀不多。

赴壑流民來避地， 山中豹變待南訛。

注：① 蟄：動物冬眠時潛伏在土或洞穴中不食不動的狀態。
② 儺（nuó）：時臘月驅逐疫鬼的儀式。

看傀儡戲，感賦一律
一九四一年

臺上身容欲亂真，　鐙前歌舞已生春。

悲歡離合一彈指，　俯仰行藏幾劫塵。

遺民喜睹衣冠舊，　故國微聞袍笏新。

生老一場寧是戲，　事情千緒更牽人。

後數日，景寧新興堂班傀儡戲來芳野獻技， 又和前韻

秉燭宵遊適我真，　　聊因芳野餞芳春。
高天羅列千星宿，　　大地浮游一點塵。
郢客清歌從遠至，　　偃師神技到今新。
多情窟礧能言笑，　　慰爾頻年流浪人。

乘月走訪清華同學季平子於石板巷，得句，又賡一首

嬰兒根性任天真，　　欲倩遊絲常絆春。

晚節身偏逢亂世，　　良宵心不著纖塵。

山城市靜簫聲遠，　　曲巷牆明月色新。

忽憶新華池上景，　　荷風時拂少年人。

浙大龍泉分校向浙江圖書館借得圖書，喜賦一律，即寄孫館長孟晉代謝①

墳典韜光歲幾周，②　巾箱分與辟雍留。③

插來鄴架羅千軸，　　駄自雲峰汗九牛。

琬琰何緣資武庫，④　琳琅無吝借荆州。⑤

長流遠溯文瀾閣，⑥　潤澤禾苗卜有秋。

注：①孫孟晉（1893—1983），名延釗，字孟晉，號勳庵，浙江瑞安人。畢業於北京法政專門學校，歷任北洋政府財政部僉事、監署科長、溫州籀園圖書館館長、浙江省圖書館館長、浙江省通志館總纂。新中國成立後，任浙江省文物管理委員會委員、文史館館員。　②墳典："三墳五典"的簡稱，常用來泛指古書。　③辟雍：周代天子之大學名。此指浙江大學。　④琬琰：琬圭和琰圭，泛指美玉。此喻浙江圖書館的書籍非常珍貴。　⑤借荆州：此用三國時劉備向東吳借荆州却不還的典故。　⑥文瀾閣：初建於清乾隆四十七年（1782），是清代爲珍藏《四庫全書》而建的七大藏書閣之一，也是江南三閣中唯一幸存者。

避地松溪大坵鎮①，值鼠疫熾盛②，衝冒瘴癘，百感交集，常半夜無眠，枕上作此

欲訪桃源迨甲戈，③　披星犯瘴入南訛。

清光皎皎天疑曙，　敗鼓沉沉鄉有儺。④

眠少常愁秋夕永，　樓高厭聽哭聲多。

松溪日夜流不盡，　催送離人玄髮皤。⑤

注：①大坵：1942年夏，日寇竄擾浙東，龍泉危在旦夕。爲保學校不淪入敵手，浙大龍泉分校自8月1日起暫遷位於福建松溪縣的大坵村，該地距龍泉約二百來里，約二個月後又分批返回龍泉辦學。　②1940年10月起，日軍殘忍地在浙江衢州、金華、寧波和福建等地進行細菌戰，致使這些地區發生大範圍疫病，鼠疫蔓延，大批無辜百姓死亡。龍泉分校教工江忠靖、姚壽臣和兩名家屬染病身亡。　③迨：逃。　④儺：舊時鄉村驅逐疫鬼的一種儀式。　⑤玄髮皤：黑色的頭髮變白。

龍泉芳野慶恩寺小閣偶坐

小閣坐移時，　爐煙裊一絲。
心閑了無慮，　仰首看松姿。

龍泉病中秋興

秋光賞未了，　涼風起木杪。[①]
淅瀝滿庭中，　落葉知多少？

注：① 木杪：樹梢。

回芳野途中

一九四一年

晚霽一輿歸，　雨珠尚濕衣。

數峰嵐翠裏，　三五白鷴飛。

坊下進龍泉縣城途中 ①

肩輿高下路彎環，　浪跡渾忘意亦閒。
煙靄群峰真似夢，　忽驚身對九姑山。
金沙溪裏水成紋，　音自琤琮意不紛。
橋上行人橋下影，　沿流一路入斜曛。

注：①坊下：是距龍泉縣城約六里的小村，因古時有一座葉氏節孝牌坊而得名。抗戰時浙江大學龍泉分校就設在該村的曾家大屋。

罏膛看燈 ①

山村元夜斗吳綾， 曼衍魚龍意不勝。②
此去鑒湖三百里，③ 鼓鼙聲裏看春燈。

時日寇正攻紹興。

闕鬧元宵人散後， 長街似水浸明輝。
樓頭下望塵寰靜， 鼓樂飄鐙迤邐歸。

注：①罏膛：浙江麗水縉雲的一個山村。 ②曼衍：巨獸名，古代仿照它排演百戲節目。魚龍：古代演出的雜戲名。曼衍魚龍比喻事物的離奇變幻。亦作"魚龍曼衍"。 ③鑒湖：浙江紹興城西南一湖泊名。

慶恩寺龍泉城南芳野

緑映禪房蔽日曛，　山深十里絶塵氛。
容心此際無他物，　惟有青松與白雲。

奉題吳梓培先生所纂龍泉詩草

龍泉山水毓清奇，　　一邑人文要護持。
葉戰四山風雨夜，　　高樓篝火自鈔詩。

海外扶桑一集傳，　　西山苗裔山民有遺編。
子奇筆挾風雲氣，　　久蟄龍泉五百年。

　　　龍泉詩人以宋末真山民及明初葉子奇爲大宗[1]。山民詩在東京有單行本，並有彼邦漢學家評註，頗愜當。葉子奇詩筆頗縱，挺秀勁拔，氣象又自不同。所著《草木子》近已收入《括蒼叢書》，而其詩則絕少流傳。梓老所輯，如得殺青，則發潛闡幽，亦足快矣。

　　注：① 真山民：宋亡遁跡隱淪，所至好題詠，自稱山民。或亡名桂芳，宋末進士。無確考。有《真山民詩集》。事見《宋季忠義錄》卷一五。葉子奇：元末明初大學者，字世傑，一名琦，號靜齋。龍泉人，約 1327—1390 年前後在世。著有《靜齋詩集》、《靜齋文集》、《草木子》等。

借得慶恩寺鐘作警報用。視其鼓鑄之年，
乃在元至治中，距今蓋六百年矣！
感賦二絕

胡牧猶君中夏日，　鳴聲初試曉霜天。
桃花馬蹶哥窰廢[①]，　靜閱滄桑六百年。

靜閱滄桑六百年，　龍泉巖壑足高眠。
佛山依舊青山許，　忽聽洪聲遍野田。

注：①桃花馬者，明太祖賞名將胡深駿馬名。胡深膺命南征陳友定，馬蹶被執，旋遇害。馬歸報其家，即僕門前殉焉。事見《龍泉縣志》。哥窰：宋代名窰之一，與官窰、汝窰、定窰、鈞窰同爲中國古代名窰。其特徵爲胎色黑褐，釉層冰裂，釉色多爲粉青、灰青、米黃等。龍泉爲哥窰盛產地。

石坑壟望月 ①

何事兒童拍掌看， 林間湧出一輪寒。
須臾容與青天裏， 照徹千山與萬山。

注：①石坑壟：距离龍泉坊下約一里的一個小山谷。當年浙大龍泉分校的一部設在坊下，二部就設在石坑壟，分校惟一的兩層樓建築教師宿舍"風雨龍吟樓"就在此。

公畢散值回寓途中

粗了公家事，　歸途聊自娛。
孤星耀天末，　片月上雲衢。
境寂筇聲響，　風飄樹影疏。
遙看一燈處，　笑語是吾廬。

自八都買舠下龍泉①

白雲舒岫欲晴天，　桂子香時好放船。
詩思飄來不知處，　浪花千疊赴龍泉。

注：①八都：龍泉西南部的一個古鎮，地處浙閩邊界。舠（dāo）：小船，其形如刀。

鄭曉滄

避寇將入閩，自小梅赴竹口，途中口占

一九四二年

初疑口笛齊行列， 旋辨禽言出嶺巔。

知了知了又知了， 聲聲呼我到南天。

注：① 小梅：位於麗水龍泉縣浙閩邊界的一個鎮。1942 年 8 月，浙大龍泉分校一度從龍泉經小梅、廢元竹口等地避敵撤退到福建松溪县的大㟷村。

壬午除夕有感放歌，依兩當軒韻^①

一九四三年二月四日

先生何事又呻吟？　　終爲年年過往頻。
欲溯流亡湮歲月，　　東西南北未歸人。

樂天根性少吟呻，　　無奈驚心改歲頻。
夢繞西湖烽火隔，　　可能長作亂離人。

天涯離散各長吟，　　萬里郵傳雁不頻。
骨肉團圞知有日，　　敢辭永作異鄉人。

中山酒醒兀猶呻，　　鼛鼓聲中伏臘頻。
霜鬢忽增明鏡裏，　　兵戈憂患老催人。

吉安除夜記呻吟，^②　　刁斗聲催換曆頻。
又見搖紅光瀲瀲，　　那堪仍照別離人。

注：①兩當軒：清代詩人黄景仁，其詩文集名《兩當軒集》。
②亂後第一次度歲在吉安，曾有“此夕搖紅光瀲瀲，可憐照與亂離人”
之句，至今默數已第六次，故復云云，爲之慨然。

別龍泉

不去又竟去，　匆匆盡室行。
五年長作客，　一別若爲情。
佛嶺攢眉翠，　靈溪懸瀨鳴。
他時重到此，　川瀆得毋驚。

　　注：以上詩歌均録自鄭曉滄《粟廬詩集》，杭州大學出版社 1995 年 2 月版。

自龍泉黌舍寄閬聲師座行都六十初度^①

長別十年後，　相逢五嶺間。
風霜成老健，　刁斗速星斑。
華國文章在，　憂時志業艱。
風煙何日靖，　杖履好東還。

注：① 黌（hóng）舍：黌即古代的學校，此指浙大龍泉分校的宿舍。
閬聲：張宗祥先生（1882—1965），字閬聲。行都：指當時國民黨中央
政府所在地重慶。初度：生日。
　　按：此詩與下一首《湄江秋思》均錄自陳志明編注《詩詞浙大》（浙
江大學出版社 2007 年 5 月版）。

湄江秋思

一九四三年八月十七日

久雨微晴眼乍舒，　　癡情難遣一床書。
探進篇落花開後，　　恨別亭皋葉墜落。
湄社詞人齊遇我，　　天涯遊子渺愁余。
江南烽火今猶熾，　　何日還乘下澤車。

夏承燾

夏承燾（1900—1986），字瞿禪，晚號瞿髯，別號謝鄰、夢栩生。浙江溫州人。著名詞學專家，畢生致力於詞學研究和教學，是現代詞學的開拓者和奠基人。他的《唐宋詞論叢》、《唐宋詞人年譜》、《月輪山詞論集》、《放翁詞編年注箋》、《姜白石詞校注》等30餘種經典著作無疑是當現代詞學史上的里程碑。被譽爲"一代詞宗"、"詞學宗師"。夏承燾是第四屆全國政協委員、浙江省政協常委、中國作家協會理事、作協浙江分會副主席、《詞學》雜誌主編、中國韻文學會名譽會長。1940年任浙江大學龍泉分校教授兼文學院國文科主任。

小重山

一九四二年作

壬午冬，初到龍泉風雨龍吟樓，①心叔自如皋寄詩云：②"我自沉沉無酒興，却看衆醉獨成眠。"拈爲起調。

愁自依然醉偶然。怕看人酩酊、獨成眠。闌干高下月明邊。聽簫地、忽有雁連天。

招手武夷仙。③何時來抵足、宿松顚。不須倦鶴問歸年。④匡床下，⑤一片是風煙。⑥

注：①風雨龍吟樓：浙江大學龍泉分校教師宿舍，是一幢建在芳野石坑壠的兩層樓竹木搭建的房子。 ②心叔：作者學生任銘善（1913—1967），字心叔，江蘇如皋雙甸人。1935年畢業於之江文理學院國文系，此時也在浙大龍泉分校文學院任教。 ③武夷仙：指心叔，他曾在福建三元的江蘇學院任教。 ④倦鶴：宋文天祥《曉起》詩云："倦鶴行黃葉，癡猿坐白雲。" ⑤匡床：一種方正的木床。 ⑥此句謂其時日寇正侵略中國。

鷓鴣天
和養癯翁山中憂饑^①
一九四二年作

不向華堂照酒波，松窗月似鏡新磨。冬烘相對
神仍旺，^②春夢先醒鬢未皤。^③

行答爽，舞婆娑，未能攤飯且高歌。^④山頭蕨
與溝中瘠，^⑤何似朱門飽死多。^⑥

注：①養癯：孫傳瑗（1893—1985），號養癯，安徽壽縣人。曾
任國民黨安徽省常委、安徽大學教務長等職，此時也在浙大龍泉分校
文學院任教。其女乃民國才女孫多慈。山中，指龍泉。當時正值抗日
戰爭，浙大龍泉分校辦學條件十分艱難，師生常常食不果腹。　②冬
烘：舊時常形容教書先生懵懂淺陋，此爲作者自我調侃之語。　③皤：
白。　④攤飯：《詩人玉屑》：“李黃門謂午睡爲攤飯。”　⑤蕨：植物，
葉嫩時可食。《詩經·召南·草蟲》：“陟彼南山，言采其蕨。”瘠：瘦
病叫瘠。《說苑》云：“管子者，天子之佐，諸侯之相也。死則不免爲
溝中之瘠，不死則功復用於天下。　⑥杜甫詩云：“朱門酒肉臭，路
有凍死骨。”

水調歌頭

一九四三年作

　　壬午臘月望夕，^①與聲越行月龍泉山中，^②憶嚴杭
雁蕩舊遊，作此和聲越，並寄鷺山。^③

　　惟有雁山月，知我在江湖。瀧灘照影如鏡，^④昨
夢過桐廬。一卷六橋簫譜，^⑤一枕六和鈴語，^⑥便欲
老菰蒲。^⑦哀角忽吹破，^⑧清景渺難摹。

　　煙瘴地，^⑨二三子，共歌呼。人生能幾今夕，有
酒恨無魚。長記白溪西去，^⑩只在絳河斜處，^⑪風露
世界無。歸計是長計，來歲定何如？

注：①壬午：此爲1942年。望夕：農曆十五的晚上。　②聲
越：徐震堮（1901—1986），字聲越，浙江嘉善人。此時也在浙大
龍泉分校文學院執教，是夏承燾的同事。　③鷺山：吳鹭（1910—
1986），晚年改名匏，字天五，號鷺山，浙江溫州樂清人，是夏承燾
的摯友，曾執教於浙江師範學院。其妹吳聞於1975年與夏承燾結婚。
④瀧灘：浙江桐廬七里瀧。　⑤六橋：杭州西湖蘇堤有六座橋。　⑥
鈴語：指擔鈴之語）　⑦老菰蒲：意謂在長着菰蒲的江邊終老一生。
陸遊《思故山》詩云："一彎畫橋出林薄，兩岸紅蓼連菰浦。"　⑧此
句謂日寇入侵，打破了和平的生活。　⑨煙瘴地：此指戰時的龍泉山
中。　⑩白溪：溫州樂清的一條溪，白溪溪水源出雁蕩山東谷，經白
溪街村北部入海　⑪絳河：王嘉《拾遺記》："絳河去日南十萬里，波
如絳色。"

定風波

一九四三年作

　　壬午臘月十九，東坡生日，與諸友攜酒具就王敬翁小
酌，^①敬翁先坡一日生，范肯堂先生爲取名髯先。^②聲越、
養癯各制詞奉祝，^③予亦繼聲。

　　暫共筇枝亦夙緣，夢中曾共此山川。最老一
枝如舊識，記得，昨宵招手有髯仙。^④

　　腰笛休翻南鶴譜，歸去，黃樓赤壁浪連天。^⑤
好揀大觥來屬我，^⑥尋個，有清風處曲肱眠。^⑦

　　注：① 王敬翁：即王敬五（1880—1968），譜名寬基，號髯先，
浙江海寧人。曾任北京農工商部主事，後隨實業家張謇從事鹽務、墾
務。1928 年創辦"有懷中小學"，自任校長。1937 年全面抗戰爆發，
他負責鹽官鎮抗敵後援會工作，後避難桐廬。1941 年輾轉至龍泉浙
江大學分校任職。1950 年，從杭州師範學校退休。受聘爲浙江省文
史館館員。　② 范肯堂：即范當世（1854—1905），字無錯，號肯
堂，因排行居一，號伯子。江蘇通州（今南通市）人。清末文學家、
桐城派後期作家，也是南通市近代教育的主要宣導者和奠基人之
一。　③ 聲越、養癯：即徐震堮（字聲越）、孫傳瑗（號養癯）。王
敬五、徐聲越、孫養癯，三人都是浙大龍泉分校文學院教師，係夏
承燾同事。　④ 髯仙：指蘇軾，軾多髯。　⑤ 南鶴譜：《志林》："元
豐五年十二月十九日，東坡生日，置酒赤壁。酒酣，笛聲起於江上。
客有郭、石二生頗知音，謂坡曰：'笛聲有新意，非俗工也。'使人問
之，則進士李委聞坡生日，作新曲曰《鶴南飛》以獻。"黃樓：黃鶴樓。
赤壁：山名。黃鶴樓、赤壁都在長江邊。　⑥ 觥：古代酒器。　⑦ 肱：
手臂從肘到腕的部分。

臨江仙

一九四三年作

> 小病初起，出看野色，誦"貧過中年病遇春"句，作此示諸生。

剩欠杏花詩幾首，無妨病過春分。[①]尚餘一半是濃春。江山仍動色，鶯燕欲銷魂。

到手筇枝隨遠近，西山何似東屯？[②]何須輕命倚危闌。[③]試從平地看，四遠綠無垠。

注：① 春分：農曆二十四節氣之一，是日晝夜長短平均。　② 西山：指首陽山。殷遺民伯夷、叔齊恥食周粟，餓死於首陽山。東屯：杜甫有《移居東屯》詩。蘇軾《和子瞻雪浪齋》云："謫居杜老嘗東屯，波濤繞屋知龍尊。"　③ 危闌：高處的欄杆。李商隱《登北樓》詩云："此樓堪北望，輕命倚危闌。"

玉樓春

一九四三年作

龍泉學舍，^①生計日艱。

筇枝拄得偏思睡，酒盞翻空難得醉。已驚明日是餘春，未信初心如逝水。

年年錯料芳菲事，一夜平蕪千萬里。終憐高處夕陽多，不怕危欄輕命倚。

注：①龍泉學舍：此指浙江大學龍泉分校教師宿舍。

洞仙歌

一九四三年作

龍泉夜讀《中州集》，[①] 念靖康、建炎間北方故老，[②] 當有抱首陽之節者，[③] 遺山不錄生存，[④] 遂不傳一字，感近事作。

扶風歌斷，[⑤] 數孤亭野史。[⑥] 千載幽并幾奇士。[⑦] 任瓊華艮嶽，[⑧] 自換斜暉，都不管、栗里山中甲子。[⑨]

寶巖清夢了，一老閑閑，[⑩] 來領英遊閱朝市。[⑪] 回首亂山鵑，啼過青城，[⑫] 還艷説、洛陽花事。[⑬] 可知有、江南老龜堂，[⑭] 正盼鳳招麟，[⑮] 爲君橫涕。

注：①《中州集》：元好問於金亡後所選編金代詩詞集。　②靖康、建炎：宋徽宗、宋高宗年號。　③首陽之節：周滅商後，伯夷、叔齊恥食周粟，餓死於首陽山。　④遺山：金代元好問（1190—1257），號遺山。　⑤扶風歌：晉代劉琨作。其結句云："惟昔李騫期，寄在匈奴庭。忠信反獲罪，漢武不見明。"　⑥孤亭野史：元好問於金亡後築野史亭，搜集金代史實。　⑦幽并：古幽州、并州，今河北、山西一帶。韓愈《送董邵南遊河北序》："燕趙古稱多慷慨悲歌之士。"　⑧瓊華：瓊華島在北京北海，相傳其石爲宋代艮嶽遺物。艮嶽：宋徽宗曾在開封東北隅造岡阜，名艮嶽，又名萬歲山。　⑨栗里：在江西九江，或謂陶淵明先居柴桑，後居栗里。他在晉亡後編詩，但署甲子，不署劉宋年號。　⑩寶巖，閑閑：金末趙秉文，自號閑閑老人，家有寶巖。　⑪英遊：猶俊遊勝侶。　⑫青城：在開封附近。靖康末，徽宗、欽宗二帝於此被俘。金叛將崔立送金后妃、諸王於此降元。　⑬洛陽花事：唐朝時洛陽牡丹極盛。　⑭龜堂：陸游別號。　⑮盼鳳招麟：陸游《北哀》詩云："何當擁黃旗，徑涉白馬津。窮追殄犬羊，旁招出鳳麟。"陸游此詩爲宋人陷金廷作。作者此詞爲懷北京淪陷區諸友作。

浣溪沙

一九四三年作

莫道楊枝少正聲,^①長憐鷗鷺易尋盟。耐人冷眼看多情。

悟得水流非水逝,^②休驚漚滅與漚生。^③春江新漲與堤平。

注：①楊枝：指《楊柳枝》。白居易云："古歌舊曲君休聽,聽取新翻《楊柳枝》。"正聲：《隋書·音樂志》："清商三調,並漢來舊曲,及平陳後獲之。高祖善其節奏,曰:'此華夏正聲也。'" ②水逝：《論語·罕》："子在川上曰:'逝者如斯夫,不舍晝夜。'" ③漚：浮漚,即水泡,即生即滅。

鷓鴣天

報鷺山^①

一九四三年冬作

鴨綠灘頭白鷺飛，^②隔年未叩水濱扉。蓑衣擬共天隨住，^③斗酒思同平甫歸。^④

蒼玉管，暗香詞，^⑤長愁無地伴君吹。今宵定被山靈笑，雁蕩峰頭月上時。

注：①鷺山：吳鷺，號鷺山，浙江溫州樂清人。　②鴨綠：形容水綠。　③天隨：晚唐詩人陸龜蒙自號天隨子。姜夔《三高祠》詩云："沉思只羨天隨子，蓑笠寒江過一生。"又，其《點絳唇》（丁未冬過吳松作）云："第四橋邊，擬共天隨住。"　④平甫：張鑒字，他是南宋大將張浚之後。姜夔在杭州時曾住在張鑒家。　⑤蒼玉管：指玉簫。暗香詞：姜夔曾作《暗香》詠梅詞。

鵲橋仙
碧湖夜泊，與季思聯句①
一九四四年作

　　市聲不到，曉鐘未動，渡水閑雲幾朵。瞿灘前灘後浪聲高，正昨夜雷灣雨過思。②

　　嵐光照眼，水風散發，佳處客人並坐。思夢中橫笛到銀河，防猶有雙星識我瞿。③

　　注：① 碧湖：在浙江麗水蓮都區西南部。　② 雷灣：在碧湖附近。　③ 雙星：牛郎星和織女星。我瞿：作者字瞿禪，晚號瞿髯。

鷓鴣天
敬五翁招飲^①

一九四四年作

　　露肘招人飲濁醪，^②不妨鄰里訝粗豪。江天浩浩容何物，城府深深笑彼曹。^③

　　呼月舞，對風鏖。興來那信鬢蕭騷。^④不須些子爭嵩華，^⑤三尺筇邊境最高。

注：①敬五：王敬五，此時在龍泉浙江大學分校任職。　②濁醪：土制的濁酒。　③城府句：《晉書·滔帝紀論》：“昔高祖宣皇帝，性深阻，有若城府。”今人謂胸懷坦蕩者曰胸無城府。彼曹：猶彼輩。　④蕭騷：蕭條。　⑤嵩華：中嶽嵩山和西嶽華山。

鷓鴣天

傳湘中寇退，敬五翁治庖相祝^①

一九四四年作

樓外殘山喚不醒，燈前解酒有松聲。奇兵也似詩無敵，快事能教醉有名。

雞未動，夢先驚。^②明年洗眼看河清。^③三山掛旆從無份，^④飛檄看君下百城。^⑤

注：①湘中寇退：1939年9月到1944年8月期間，中國軍隊與侵華日軍在長沙爲中心的第九戰區進行了四次大規模的激烈攻防戰，史稱爲"長沙會戰"，或稱"長沙保衛戰"。此指日軍退出長沙。　②"雞未動"兩句：西晉祖逖與劉琨同寢，中夜聞雞鳴，蹴琨覺，曰："此非惡聲也。"因起舞。見《晉書·祖逖傳》。　③河清：古代以黃河清爲天下太平祥瑞。　④三山掛旆：謂將抗戰獲勝的旗幟掛在東海三山。從：終使。　⑤檄：古代官府用以徵召或聲討的文書。下百城：攻下百城。

洞仙歌

一九四四年作

餘姚施君訪予龍泉，云滬客傳予已下世。

敲門一客，訝須髯如此。來向空山問生死。
放長筇一笑，短後衣囊，①出照眼、璣珠萬字。②

牛欄雞柵畔，醉路相扶，自愛茅簷影三四。
巾扇少年遊，③換了番風，④莫重問、六橋花事。⑤
也不必、長吟五噫歌。⑥嚼滿口黃齏，自成宮徵。⑦

注：①短後衣：古代漢族服式，流行於中原地區。最早見於《莊子·說劍》：“短後之衣。”謂上衣後幅較短，以便勞作。蘇軾：“麻鞋短後隨獵夫。”　②照眼璣珠：謂施君詩文字字璣珠。　③巾扇：綸巾和羽扇。蘇軾《念奴嬌》寫周瑜：“羽扇綸巾，談笑間，強虜灰飛煙滅。”　④番風：指二十四番花信風。　⑤六橋：杭州西湖蘇堤有六橋。　⑥五噫歌：《後漢書·逸民·梁鴻傳》載“梁鴻東出關，過京師，作《五噫之歌》”，歎宮室之崔嵬，人民之劬勞。　⑦黃齏、宮徵兩句：黃齏，鹹醃菜。北宋范仲淹《齏賦》謂“措大口中，嚼出宮商徵羽”。

好事近
同聲越作梅詞
一九四四年作

喚起忍寒人，當面數峰玉立。商略幾番風雨，作一枝春色。

西湖東閣莫傳箋，^①心事北山北。^②自有暗香一闋，^③夠十年吹笛。

注：①西湖東閣：漢公孫弘爲丞相，開東閣延賓。此句謂隱居西湖，與官場中的朋友不再聯繫。 ②北山北：後漢法真爲關西大儒，太守欲以功曹相居，法真曰："以明府見禮有待，故敢自同賓末，若欲吏之，真將在北山之北，南山之南矣。"事見《後漢書·逸民·法真傳》。 ③暗香：南宋姜夔有《暗香》詞詠梅。

鷓鴣天

龍泉山居

一九四四年作

斟酌新詩答晚晴，欲傳幽興却難名。浮漚池面無成壞，①缺月牆頭幾死生。②

茶夢熟，竹筇輕，風前自愛浩歌聲。鄉鄰敦睦吾何有？但與歸牛讓畔行。③

注：①浮漚：水面泡沫，成於水，破滅仍歸於水，故云無成無壞。 ②缺月句：月體輪廓無光處曰魄。《尚書》有"旁死魄"、"哉生魄"之語。或謂初一是死魄，初二旁死魄；哉生，始生。始生魄，月十六日，明消而魄生。 ③畔：田界。"耕者讓畔"，意思是種田的人把田界讓給對方，表示禮讓。見《史記·周本紀》。

菩薩蠻
有寄
一九四四年作

酒邊記得相逢地，人間更沒重逢事。辛苦說相思，年年笛一枝。

吟成江月碧，吹作秋潮咽。無淚爲君垂，潮平月落時。

（《夏承燾詞集》云："此詞假託情詞，譴責失節舊友。"）

洞仙歌

一九四四年作

甲申元夕，讀李易安、劉辰翁《永遇樂》詞有感。①

　　瓶梅謝了，訝一寒至此，還羃燈花問春事。
覆深杯未醒，三兩吟蛩，又爲我、喚起離愁滿紙。

　　二更山鬼語，②能説宣和，③野老同聽淚如水，
今古過江愁，霧鬢風鬟，④忍重上、石城艇子？⑤
料無分、相逢月明時，拚過了團圞，爲君宵起。

（《夏承燾詞集》云："此詞刺投往南京之舊友，結語表示與之訣絶。"）

注：①劉辰翁《須溪詞》有《永遇樂》題曰："余自乙亥上元誦李易安《永遇樂》，爲之涕下。今三年矣，每聞此詞，輒不自堪。遂依其聲，又托之易安自喻。雖辭情不及，而悲苦過之。"李易安、劉辰翁《永遇樂》詞，皆表達當時家國淪亡之痛。②山鬼：屈原《九歌》有《山鬼》篇。　③宣和：北宋末年號。時金人入侵，汴京淪陷，北宋滅亡。　④霧鬢風鬟：李易安《永遇樂》有"風鬟霧鬢，怕見夜間出去"句。　⑤石城：即石頭城，今南京。晉六朝人《樂府》有《石城艇子曲》。

鷓鴣天
龍泉山居
一九四四年作

短夢匡牀伸脚餘，^①過門童稚伴歌呼。看山心事中年後，攔路風花二月初。

書咄咄，^②願區區，鄰翁莫笑出無車。^③虛船且任驚飆去，^④丹壑青林似畫圖。

注：①匡牀：一種方正的木牀。　②書咄咄：《世說新語·黜免》載："殷中軍被廢，終日恒書空作字，竊視，惟作'咄咄怪事'四字而已。"　③出無車：戰國時，馮諼爲孟嘗君食客，嘗彈鋏歌曰："長鋏歸來乎？出無車。"　④虛船：《莊子·山木》："方舟而濟於河，有虛船來觸舟，雖有惼心之人不怒。"

鷓鴣天
龍泉山居
一九四四年作

江岸看楓已後期，山亭把酒復何時。尋幽興短吟偏健，食淡心安味最奇。

披草叟，牧牛兒，相逢爾汝莫相疑。①松間數語風吹去，明日尋來便是詩。

注：①爾汝：忘形之交。杜甫贈鄭虔《醉時歌》："忘形到爾汝，痛飲真吾師。"

玉樓春
龍泉山樓看雨
一九四四年作

屋山老鴟啼相和，^①一雨作涼天補過。直疑黑海掛空來，正欲青林看月墮。^②

短笮牆脚難堅卧，欲化騰蛟沖壁破。新燈勸我放高吟，明日江船天上坐。^③

（《夏承燾詞集》云："此詞寫夏天暴雨。上片寫雨前，下片寫雨後。"）

注：①屋山：屋脊。　②黑海、青林兩句是倒裝句。　③江船天上坐：唐沈佺期詩："船如天上坐，人似鏡中行。"

玉樓春
讀放翁詩憶桐江舊遊
一九四四年作

一竿絲外山無數，^①容我扁舟來又去。不愁伸腳動星辰，^②何用浮鷗知出處。

年年山枕聽秋雨，苦憶綠蓑江上路。空囊一卷劍南詩，^③只有灘聲堪共語。

注：① 一竿絲：釣絲。　② 伸腳動星辰：《後漢書·嚴光傳》載：嚴光與光武“共偃臥，光以足加帝腹。明日，太史奏：‘客星犯御座甚急。’帝笑曰：‘朕與故人嚴子陵共臥耳。’” ③ 劍南詩：陸游詩集名《劍南詩稿》。

洞仙歌
王敬五翁招遊龍泉白雲山^①
一九四四年作

提壺勸酒，^②有一翁如鶴，笑我詩情久無著。指鏡中青鬢，幾負清明，人境外，無數風花開落。

鳥飛不到處，掉首歸來，依舊繩床擱雙脚。幽夢好於山，客問新吟，推枕起、便都忘却。只短了、隨身一枝藤，莫信有胸中、萬千丘壑。

注：①王敬五：見前注。　②提壺：鳥名。王禹偁詩："遷客由來長合醉，不須幽鳥道提壺。"

鷓鴣天
甲申冬，龍泉山中有斷炊之虞，寄鷺山
一九四四年作

　　小別無須索贈詩，相逢何處勸深卮。五升縱滿先生望，一飽難忘天下饑。[①]

　　江月起，夜燈知。興來何有鬢絲絲。篰邊得句梅邊寫，不分空腸却更奇。

（《夏承燾詞集》云："解放前，浙江大學龍泉分校有將解散之説，故詞中有"一飽"、"空腸"等句。）

注：① 五升：《莊子·天下》説宋鈃："請置五升之飯足矣，先生恐不得飽，弟子雖饑，不忘天下。"

玉樓春
將去龍泉，作計入雁蕩
一九四四年作

　　一涼昨夜蘇肝肺，萬壑秋濤翻瓦背。^①漫驚窺
夢有龍蛇，^②便欲移家同井塈。^③

　　壯心吟鬢年年改，不用臨風歌小海。^④但防人
笑半山翁，猶是世間兒女態。^⑤

　　注：①秋濤：指浙大龍泉分校教師宿舍風雨龍吟樓周圍的松
濤。　②龍蛇：此指松樹枝幹。　③井塈：井爲低濕之地，塈爲高
燥之地。此句謂隨地勢高低經常移家。　④小海：歌名。《晉書‧隐
逸傳‧夏統》："伍子胥諫吳王，言不納用，見戮投海。國人痛其忠烈，
爲作《小海唱》。"　⑤半山翁：北宋王安石號半山。其《鄞縣西亭》
詩曰："更作世間兒女態，亂栽花竹養風煙。"

臨江仙
將入雁蕩，寄心叔閩北①
一九四四年作

揮手山樓燈火伴，②音書南北都稀。阿連最少最相思。③觀身因悟易，④臨事見能詩。

歲歲扁舟苕霅約，⑤幾番開謝梅枝。夢中台蕩有歸期。⑥一笻如憶我，雙笛更邀誰？

注：①心叔：作者的學生兼同事任銘善的字。　②山樓燈火伴：指與心叔等同住龍泉風雨龍吟樓。　③阿連：指謝靈運族弟謝惠連。謝靈運常夢見惠連，輒得佳句。　④易：指《易經》。　⑤苕霅：浙江湖州的二水名。　⑥台蕩：指浙江的天台和雁蕩，皆浙東名山。

079

臨江仙 ①
龍泉浙大風雨龍吟樓在亂松中，作此呈養臞翁

　　誰料蒼質千尺鐵，樓頭對臥猶龍。五更萬壑度笙鐘，爲君招海月，看我舞天風。

　　西北神州愁極目，年年去鶴無蹤。乍驚劍氣滿東南，雷霆看破壁，爪甲欲拏空。

　　注：① 此起四首詞均録自葉放主編《情繫芳野》，天馬圖書有限公司 2002 年 6 月版。

鷓鴣天
病中示浙大諸從遊

夜夜匡牀聽杜鵑，年年歸計負江船。當花未信風懷減，臨鏡先驚骨相寒。

同語笑，亦前緣，人生真味幾慧歡。圍燈諸友堪畫，好作兒時弟妹看。

玉樓春

龍泉芳野看燈

寄林燈火驚禽繞，出骨飛龍還矯矯。乍聽簫鼓起童心，莫憶湖堤傷客抱。

山村春事君莫笑，我愛鄰翁語更妙。但求田裏少閒人，城裏明年燈更好。

玉樓春
龍泉初春

老松清唱誰相知，暫聽能令秋病可。牆根竹杖勸閑行，屋角山禽嘲獨坐。

一笑出門天地大，如染藍江堪放舸。不須浪作一冬愁，昨夜寒梅初破朵。

季思囑閱其詩集《越風》，皆淺顯如話。予近日教學生學詩，亦主從江弢叔入，再一轉手，便另一境界。弢叔致力韓、黃甚深，能入能出，所以爲高。作此贈季思二首①

一九四二年作

窗明日暖幾新篇，　斲鼻搜腸枉可憐。②
出手肯從元祐後，③用心要到建安前。④

"不識字人知好詩"，馮公此語耐尋思。⑤
試從江鄭重翻手，⑥倘是風騷覿面時。⑦

注：①此起五題六首詩均録自吳無聞注《天風閣詩集》（浙江人民出版社，1982年1月版）。季思：字王起。江弢叔：晚清詩人江湜，字弢叔。韓、黃：韓愈、黃庭堅。　②斲鼻：《莊子·徐無鬼》："郢人堊漫其鼻端，匠人運斤成風，斲之，盡堊而鼻不傷。"搜腸：謂搜索枯腸。此句形容寫作的艱難。王季思認爲這是夏承燾的自謙之詞。　③元祐：宋哲宗的第一個年號。此時以蘇軾、黃庭堅爲首的詩人成就很高。　④建安：東漢末年漢獻帝年號。此時以三曹和"建安七子"的詩歌成就很高。　⑤馮公：是指20世紀40年代無錫國專的馮振心教授。"不識字人知好詩"乃馮振心語。　⑥江鄭：是指晚清宋詩派作家江湜（字弢叔）和鄭珍（字子尹）。王季思自述："我讀過江、鄭二家詩，多少受過他們的影響，但他們都在功名失意時歸隱田園，寄情山水。在民族戰爭的艱苦年代，我沒有他們的心情。我當時想從唐人樂府和民間歌謠的結合上探索一條詩創作的道路，因此也不想再在晚清詩家裏兜圈子。　⑦風騷：國風和楚騷。覿面：見面。

龍泉竹樓各友會吟，分得在字韻

一九四三年

松間尺半窗，　涼風不須待。

二更湧冰輪，　如墮鱗爪海。

可玩不可揮，　枕席有奇彩。

瓶底坐囂塵，　昨夢忽何在？

鄰任真癡人，①　渾燈勘豕亥。②

注：① 鄰任：指住在隔壁的任銘善，其時任擔任國文系的古漢語、文字學等教學與研究，經常如癡如醉。　② 豕亥：《呂氏春秋·察傳》："有讀《史記》者曰：'晉師三豕涉河。'子夏曰：'非也，是己亥也。夫己與三相近，豕與亥相似。'此句是說任銘善在油燈下仔细校勘文字的錯訛。

辛巳除夕，檢積年舊稿，設竹垞、彊村兩翁像祭之①

一九四二年一月十六日

書燈不動色，　廿年如風輪。②
秋病幸未死，　仍爲風波民。③
百怪互出没，　墮此窮海濱。
有眼不忍見，　匜堆坐昏晨。④
客來談浩劫，⑤深懼九鼎論。⑥
吾書成不成，　泰山一秋蚊。
昨夢有奇事，　攜家還謝鄰。⑦
南樓開萬帙，⑧就此愛日春。
里開幾故交，⑨討論各紛紛。
招邀遊雁蕩，　筆硯亦隨身。
謂此畢吾世，　亦足壽吾親。
嗟哉無管樂，⑩醒時一長吟。
緬懷兩朱翁，⑪同爲偃蹇人。⑫
燈前古衣冠，⑬仿佛猶低顰。
小詩爲翁展，　微意爲翁陳。
竊比良自哂，　往從恨無因。
一醉且共醉，　有懷各苦辛。

注：①竹垞：清代浙西詞派朱彝尊號竹垞，詞宗姜夔、張炎。彊村：清末詞人朱孝臧號彊村，詞宗吳文英。　②風輪：喻時間過得很快。　③風波民：水遇風而波興，畏脅行舟，故以喻世事變端。《莊子·天地》："我之謂風波之民。"　④邅堆：疊韻字。失意，不振作。歐陽修詩："三日不出門，堆邅類寒鴉。"　⑤浩劫：指當時日寇入侵。　⑥九鼎：占時為傳國重器，得天下者才能佔有。此句謂深懼全國淪陷。　⑦謝鄰：作者故鄉溫州住宅名。　⑧帙：書套。這裏指書。　⑨里開：指鄉里。　⑩管樂：管仲、樂毅。管仲：春秋時人，相齊桓公成霸業。樂毅：戰國時燕昭王之卿，率兵伐齊，下齊七十餘城。　⑪兩朱翁：指詞人朱彝尊、朱彊村。　⑫偃蹇：困頓，窘迫。　⑬古衣冠：指朱彝尊、朱彊村。

龍泉

一九四四年

相握傳杯手， 霜天冷不知。

一蛩猶有語， 數客可無詩？ [1]

句裏出孤月， 松間無四時。

瓦盆老於我， [2] 相對幾回持。

注：[1] 數客：指浙大龍泉分校同事徐震堮、王季思、任銘善等。 [2] 瓦盆：盛酒之具。杜甫詩："莫笑田家老瓦盆，自從盛酒長兒孫。"

放頑

一九四五年

　　浙大師生寫帖索還費鞏教授,[①]予署名其間,戚友或爲予危,作此示之。

一士頭顱索不還,[②]　千夫所指罪如山。[③]

烏峰埋骨寧非幸,[④]　白簡臨門要放頑。[⑤]

　　注:① 費鞏:浙江大學教授,字香曾。1945 年 3 月 5 日淩晨失蹤,被國民黨特務關進渣滓洞特別監獄,不久被害,終年四十歲。　② 一士:指費鞏教授。　③ 千夫所指:《漢書·王嘉傳》:"里諺曰:'千人所指,無病而死。'"此謂蔣介石。　④ 烏峰:指杭州烏石峰。《西湖志纂》:"在紫雲洞上,石色如墨,故名。"烏石峰近作者杭州寓所。　⑤ 白簡:古代彈劾書用白紙寫。

王敬五

　　王敬五（1880—1968），譜名寬基，號髯先，浙江海寧人。早年在上海瑞記洋行任職，後去北京農工商部任主事。1911年起任職於上海中國銀行以及交通銀行新加坡、西貢分行。後隨實業家張謇從事鹽務、墾務。1915年在上海創辦華豐麵粉廠，歷十餘年。1928年創辦"有懷中學"、"有懷小學"，自任校長。1937年全面抗戰爆發，他負責鹽官鎮抗敵後援會工作，後避難桐廬。1941年輾轉至龍泉浙江大學分校任職。新中國成立後，曾任浙江省人民代表、省政協委員、海寧縣政協副主席，受聘爲浙江省文史館館員。1950年，從杭州師範學校退休。

送黃鐵夫 ①

八載西風憶故鄉，　一帆先送綠衣郎。

花開花落成今古，　潮去潮還話短長。

月落湖心嗟廢壘，　墨餘盾鼻感秋霜。

相逢父老申余痛，　劫盡如灰語不詳。

注：① 此詩錄自王敬五著《敬五詩存》，1945 年作。

九月七日贈子青兼別佛山 [①] _{龍泉芳野}

括蒼山色落尊前，　　小劫人間又八年。
此去再尋湖上路，　　西泠橋畔酌清泉。

草枯風急嚴州住，　　秋夢如雲老淚收。
且喜夕陽無限好，　　仍攜梅鶴到杭州。_{子青}
_{先留嚴州。}

老友無多盡白頭，　　風霜歷盡倦登樓。
不關出岫雲心懶，　　小住情生戀處州。

注： ① 此詩録自王敬五著《敬五詩存》，1945 年作。

過金華遇查猛濟①

釣鼇綸獨繭，　　測海舒一指。

所操亦已約，　　跳踉不知止。

庸妄小天下，　　城下獲奇恥。

蠢茲島夷愚，　　白晝攫金市。

益形我友賢，　　百錢足甘旨。

說經真理玄，　　入悟袈裟紫。

我來窮山中，　　眇者不忘視。

日暮靡所騁，　　爲義困踶跂。②

所幸中原定，　　琴書堪料理。

相約泛春酒，　　吸盡錢江水。

注：①此詩録自王敬五著《敬五詩存》，1945年作。查猛濟（1902—1966），字太爻、寬之，別號寂翁，海寧袁花人。作者好友。　②踶跂（dìqǐ）：用心力貌。《莊子·馬蹄》："及至聖人，蹩躠爲仁，踶跂爲義，而天下始疑矣。"

重九與瞿禪季思心叔登周際嶺醉歌①

去年此日送君行，山花亂落我含辛，
今年重九此小集，東海潮回大地春。
何必更登高，我意已如雲。
難得一杯酒，眼前有故人。
室家已破復安往，江湖浩蕩寄此身。
我欲爲君言，咯咯不忍聲還吞。
有兒一年無書至，傳聞爲國已成仁。
亦知青冥本危轍，私心猶幸傳非真。
希望兒當遠自勵，念兒所學志隨軍。
曠古大事不參與，未免落寞愧家門。
遠祖有宋鎮太原，負太祖容赴長汾。
廟食百代昭史冊，至今九月薦蒿焄。②海寧
宋祠每年九月十三日殉難日祭薦，自宋至今不替。
十六世祖諱有虔，明亡起義東海濱。
歸骨故山餘一足，衣冠共指松樹墳。松樹墳
在水北村，有虔公衣冠墓也。
爾骨不歸我無悶，中原有土香斯馨。
百年骨肉緣易盡，頭顱一擲驚鬼神。
我老雖無依，尚有爾弟昆。

獨在爾婦前，欲語苦難申，

暗中酹爾一杯酒，西南恍惚有歸魂。

酒狂一任村翁笑，山芋嚼雪玉盈尊。

兩鬢秋霜吹欲盡，暮雲將合還山村。

注：① 瞿禪：夏承燾；季思：王季思；心叔：任銘善。三人當時
與作者都爲浙大龍泉分校同事。周際嶺：在浙大龍泉分校所在地芳野
附近約二里餘，頗爲險峻。此詩錄自王敬五著《敬五詩存》，1945 年作。
當年重陽是 10 月 14 日。② 蒿焄（hāoxūn）:《禮記·祭義》:"蒿焄淒愴。"
鄭玄注:"焄謂香臭也，蒿謂氣烝出貌也。"孫希旦集解:"焄蒿，謂其
香臭之發越也。"

陸維釗

陸維釗 (1899—1980)，原名子平，字微昭，晚年自署劭翁。浙江平湖人。南京高等師範學校文史地部畢業。曾在聖約翰大學、浙江大學、浙江師範學院、杭州大學任教。曾任政協浙江省三、四屆委員，中國美術家協會浙江分會理事，是我國現代高等書法教育的先驅者之一。著有《中國書法》、《全清詞鈔》、《書法述要》、《陸維釗書法選》、《陸維釗書畫集》、《陸維釗詩詞選》等。

舊事

舊事平生夢有訛，　夢回福慧幾蹉跎。
那將塵海無眼淚，　灑與春潮作逝波。

教書自嘲

慚愧江河十載師，　　諱營衣食榜先知。
今朝新法明朝換，　　盡是升猱玩耍兒。

藕舫師於日寇退後坐飛機來浙
不見恰整十年矣 [①]

萬端辛苦鬢成絲，　　忍話家山雪涕時。
黌舍已墟存廢甀，　　馬欄新起認荒池。
十年樹木何堪伐，　　百廢重興詎再遲。
爲憶師門前氣象，　　悲歡齊迸菊花卮。

注：① 藕舫：浙大校長竺可楨（1890—1974），字藕舫，浙江紹興人。

聲越以《過羅苑西水閣舊居》詩見示，
余與聲越爲鄰六年而散，
與有同感，率賦六章爲答

白堤西去路，　　傍水昔曾居。

身世中年後，　　乾坤劫火餘。

病添新蹭蹬，　　老悔舊琴書。

今日停驂處，　　空堂悟子虛。

一九五四年九月，余與徐聲越、董聿茂、錢秀之爲第一批遷入羅苑之人，曾助浙大接收，任接收者有陸子相、楊其泳。

長記湖樓曲，　　鄰簷十數家。

晨炊香襲戶，　　夜坐月移花。

書卷通駃氣，[①]　　林亭息眾嘩。

我生何處著，　　隱幾味南華。

六口欣同住，　　聞雞便下牀。

荷香溥露氣，　　初日蛻湖光。

涉世癡聾久，　　謀生筆硯荒。

甘將犬馬齒，　　付與米鹽忙。

人歸詩課後，　　客散渡喧時。

暮靄迷孤山，　禪機落鬢絲。

步隨山上下，　鴉噪樹椏枝。

此境知誰會，　秋深一蝶遲。

已知人世隔，　難覓舊交論。

風雨傷同濟，　艱虞懶告存。

旅淹親易斷，　居賤室無溫。

難得橋邊市，　花時伴一樽。

西泠橋西，斷橋之東皆有小酒肆，敬五、聲越、秀之、心叔往往飲之。余不能飲，但喜結爲伴，以賞此情景。

臺榭風流去，　園蔬歲月多。

小舟窗影曳，　一霽柳香過。

眠食洞天穩，　茗燈靜氣羅。

低回千百事，　水調數聲歌。

注：① 騃："呆"的異體字。

月華清
和聲越

劫後人煙，笳餘節物，亂離心緒非舊。四十華年，忍淚對花消受。訴歸魂碎影河山，哀時命望秋蒲柳。前後。總殘紅瘁綠，迭番俎酘。

料理叢殘覆瓿。剩懶骨餓軀，壯懷淒負。烈炬咸陽，映澈漫空星斗。問烽餘幾處蒼生？念多壘四郊誰守？誰復？轉乾坤萬里，雅音重奏！今日停驂處，空堂悟子虛。

念奴嬌
和季思抗戰

晦盲天地，仗鏌鋣難盡，沐猴人物，^①骯髒山河誰住得，誰雪靖康半壁？白骨年年，蒼生處處，羽檄爭飛雪。縱橫遊擊，讓他草莽英傑。

應鑒臣虜朝廷，書生議論，邊患貽癰發。完卵覆巢寧有此！^②誓把匈奴殲滅。待搗黃龍，登民衽席，重整衝冠髮。琵琶湖上，與君同醉華月。

注：① 沐猴：即猿猴。② 完卵覆巢：鳥巢被打翻，鳥蛋卻完好。《戰國策·趙策四》：“臣聞之：有覆巢毀卵而鳳凰不翔，刳胎焚夭而騏麟不至。”

徐震堮

　　徐震堮（1901—1986），字聲越，浙江嘉善人，當代著名學者、詩人和翻譯家。1923 年畢業於東南大學（原南京高等師範學校）文史地部，曾爲中學教師十餘年。1939 年入浙江大學龍泉分校執教。解放後院系調整，轉入華東師範大學中文系任教授，曾被選爲上海市政協委員。1982 年華東師大古籍整理研究所成立後，任所長，並受聘爲國務院古籍整理小組成員，博士研究生導師。

小重山

　　喚取深懷浣古愁，醉中還耿耿，不如休。畫闌四面葉聲秋。無人處，吹笛坐山樓。

　　鶴背翠煙浮。三更雲淡淡。路悠悠。月明何樹近吾州。霜碪外，夢斷羽人丘。

注：初稿詞牌下注："和瞿禪。原詞有'愁自依然醉偶然'之句。"

臨江仙

風雨龍吟樓呈養癯先生，①和瞿禪②

種樹已看過屋，買雲便欲將家。小樓杯酒送年涯。天風澎翠壁，鄉月咽胡笳。

俯視茫茫塵世，幾多猿鶴蟲沙。何人丈室散天花？且攜黃嶽夢，來賦赤城霞。

注：①養癯：孫傳瑗，字养癯，安徽壽縣人。　②瞿禪：夏承燾，字瞿禪，浙江溫州人。

鷓鴣天
贈瞿禪

有客相從寂寞賓，書堂遙憶謝家鄰。新詞漫遣供惆悵，矮屋猶堪一欠伸。

歌抑塞，酒篋巡。未妨高臥北山雲。龍蛇影裏鉤簾坐，不染西風庾亮塵。

鷓鴣天

幾度春歸在客先，不離西閣又經年。百金未買東屯宅，十畝曾無下潠田。①

愁瓠落，②酒蟬連。扁舟心事墜風煙。松濤一枕城南路，著我高樓聽雨眠。

注：① 下潠（sùn）田：低下多水的田。② 瓠（huò）落：空廓貌。《莊子·逍遥遊》："惠子謂莊子曰：'魏王貽我大瓠之種，我樹之成而實五石……剖之以爲瓢，則瓠落無所容。'"

水調歌頭

山中月色甚佳，與瞿禪徘徊松影間久之，走筆爲詞，邀瞿禪和，兼戲江冷。

何處無明月，秋色滿人間。不知今古幾客，如我兩人閑。却似承天寺裏，荇藻滿庭交影，回首一千年。公復識吾否？一笑問坡仙。

幾回看，天倚杵，海成田，更見千年相見，鶴髮已垂肩。寂寞廣寒宮殿，桂樹團團露濕，下有老蟾眠。喚起爲公舞，吹笛萬山巔。

好事近

独自去冲寒，不是灞橋詩客。昨夜玉蟲飛墜，有梅邊消息。

杖頭閑掛一枝春，歸破小窗寂。聽雨竹樓滋味，也教伊分得。

風入松

　　庚辰（1940）開歲五日，與臞翁、瞿禪、季思偕諸
生尋梅溪邊。

　　一樽憔悴臥臥窮州，匹似爲花留。春風兩槳橋頭渡，寄相思，曲裏西洲。團扇何人畫我，斜川幾度閒遊？

　　竹籬茅舍暗香浮，芳意若爲酬？東園回首花如雪，怕歸時、白了人頭。江畔垂垂一樹，看成多少鄉愁！

　　注：初稿"庚辰"爲"癸未"。

御街行
前題

　　暖風遲日江亭路，烏帽尋春去。水南水北幾人家，恰有暗香千樹。鳴禽竹裏，呼來相對，好個題詩處。

　　逋仙去後無新句。^①誰作東風主？孤山山畔鶴亭邊，依舊花開無數。尊前醉倒，春衫猶認，前度西湖雨。

注：① 逋仙：宋代林逋，隱居杭州西湖孤山。

朝中措

　　連宵風雨禁窺園，坐臥一樓寬。倦枕漸消吟力，深杯強敵春寒。

　　千紅萬紫，一齊收拾，付與啼鵑。唯有苔痕得意，朝來綠上闌干。

江城子

寄朧翁景寧 ①

耳邊山鳥勸提壺，樹扶疏，愛吾廬。一枕松風，
睡起午晴初。惆悵熟梅時節過，吟屐冷，酒杯孤。

天涯芳草正愁餘，憶潛夫，問何如？應怪別來，
不寄一行書。爲道竹樓明月夜，翁去後，好詩無。

注：① 朧翁：孫傳瑗（1893—1985），號養癯，一字養朧。

徐震堮

龍山會

竹樓歲暮,與敬老、^①瞿禪、季思、心叔取詞調中有《風
雨龍吟樓》字者各拈一調,余得《龍山會》。

　　石上堯年樹,冷露無聲,穩作驪龍睡。四山
雲氣合,凝望久,麟甲森然欲起。涼吹入虛闌,
歲華晏,吟屏倦倚。似年時春江暝宿,雨來潮尾。

　　山閣夜永鉤簾,但有蔖蟾,爲銅仙無寐。亂
鴉啼恁早,燈暈冷,依舊鈞天如醉。溪曉不聞鐘,
動籌馬西風萬里,暗漏遞,夢正在,沉寥雲水際^①。

注:① 敬老:王敬五(1880—1968),浙江海寧人。② 沉(xuè)寥:
空曠清朗貌。

徵招

　　臘尾淫霖，入春未已，溪喧繞屋，終夜有聲。念與矇翁別踰年矣，回思挑燈煮茗時，何可復得耶?

　　松根一片蕭蕭雨，開門白雲千頃。縹緲瀑邊鐘，倚殘釭愁聽。草堂今夜永，更添了幾分禪病。舍瑟無言，據梧不寐，有懷誰省?

　　煮茗，記年時，風簷底，搖搖半窗人影。喚起老彌明，與詩聯石鼎。此心如廢井，問誰與滴清冷? 別來久，屋角垂楊，尚絆人歸艇。

徐震堮

尾犯

淫雨經旬，山樓兀坐，銅瓶素萼，頗軫鄉愁，偶拈
此調，依覺翁《贈浪翁重客吳門》四聲。

　　暗雨石樓鐘，單枕夢回，煙凝高閣。一縷冰魂，
似偎人屏角。功杖冷，溪橋乍吐，蕙爐薰、銅瓶
半落。翠尊空對，漸倦賦情，惆悵孤山約。

　　年年湖上宅，料愁悴倚鏡眉萼。爲說南枝，
賭春寒如昨。畫塘净，輕冰才泮，晚簾垂，東風
又惡。怕將芳訊，遠寄月明江上鶴。

百字令

丁亥（1947）中秋前一夕，與諸公會宛春山齋，圍尊待月。

空山煙斂，晚香飄，風墮遙天笙磬。十二玉樓雲櫛櫛，佇想一奁端正。秋色西來，流光東注，不負尊前興。姮娥何事，背人偷掩鸞鏡？

我欲爛醉高歌，舉杯相屬，中有滄桑影。老桂婆娑誰斫却，放出清光千頃。無定河邊，紇干山上，幾處霜華冷，一聲裂笛，四山棲鳥都醒。

金縷曲 ①
哭心叔丁未（1967）

臣質銷亡矣，歎從今卜邻湖上，都成虛計。哀唱獨弦誰予和？藥物閒時誰憶？念屈指天涯知己，君去唯餘王老在，②爲同揮注海傾河淚。多少事，從頭記。

竹樓風雨同眠起，更西湖、疏簾水閣，挑燈談藝。我是醉人多妄語，賴子交情不替。冀歲晚冰霜相屬。二十五年真一唤，③想平生風節如元禮。哀不盡，天方懠。④

原注：刘永翔注："先師嘗於心叔一九六七年十一月九日來書前記云：'此心叔絕筆也。九日晚疾大作，延至十二日晚七時遂奄然長逝。斯人既往，臣質不存，自今亦無意於人事矣。'"

注：① 此詞與後面《金縷曲》二詞不作於龍泉，但表達作者與任銘善先生友情，所以收錄。心叔，任銘善字。　② 王老：指王敬五先生。　③ 唤（xuè）：象聲詞。《莊子·則陽》："風吹管也，猶有嗃也；吹劍首者，唤而已矣。"陸德明釋文引司馬彪曰："劍首，謂劍環頭小孔也。唤，唤然如風過。"　④ 懠（qí）：憤怒。

水調歌頭

敬老書來，言龍泉處締交事。

王老丈人行，和氣挹春風。憶昨冰塵馬足，萍合劍池東。時復芒鞋竹杖，步屧村村花柳，杯酒話從容。松影竹樓底，風雨一燈紅。

新來事，憑説與，兩年中。聞道荒江老屋，憂患略相同。差喜童顏鶴髮，依舊廉頗能飯，高唱氣如虹。我願不知老，相伴邢雞翁。

徐震堮

金縷曲

心叔之墓已有宿草，敬老又不知以何時示疾，何時捐館，桑户反其真，而我猶爲人猗，悲夫！

不見牆東老，似成連刺船徑去，水波浩渺。十丈珊瑚映天紫，下有任公坐釣。我亦欲東還海道。指點樓臺雲氣外，奈船風引去無由到。爲君鼓，《水仙操》。

鈞天一夢胡然覺，猛回頭狄啼花落，山回雲抱。獨自跰𨇷來鑒井，^①依舊膠膠擾擾。倘今夜月明瑶島，俯視齊州煙九點，惹洪崖拍手靈妃笑。書一紙，寄青鳥。

注：① 跰𨇷（pián xiān）：猶如蹒跚，行步傾跌不穩貌。

127

十月廿四日记事^①

是日晨，舟抵福清口外，^②去岸尚數十里。午後風浪大作，余等以海關小汽艇先行。離輪數里，風雨轉劇。夜色沉沉，不辨方向。欲折回不可。鼓輪强進，幾覆溺者無慮百十次。與風濤搏戰三小時，僅乃得達。

十月二十四，	歲在庚辰秋。^③
晨泊閩海外，	倦程始一休。
怪石列虎豹，	荒波絶浮鷗。
去岸尚卅里，	極望徒凝眸。
亭午關吏至，^④	侶以戎服儔。
姓名苦盤詰，	行李恣爬搜。
日仄風波惡，	欲去皆不由。
獨許小艇送，	亦見遇我優。
大副苦相阻：	"惡浪大如牛！
何爲冒此險，	曷作須臾留？"
我儕勇貪程，	久蟄同縲囚，
聞言曾不顧，	箱篋已盈舟。
餘地才容膝，	拱坐如猿猴，
同人十餘輩，	默對無獻酬。
況復船骨舊，	歲久忘漆髹，
上漏雨籔籔，	旁罅風颼颼。

解纜不數里，　旬然浪打頭，
舵工失主使，　一覆幾難收。
欲退不可得，　欲前道路悠。
鼓勇卒盲進，　性命輕陽侯。
移時天昏黑，　風急雨更稠，
海若故相嬲，　舞船如舞毬。
或緩如隕羽，　或急如轉旒，
或作失手墮，　萬丈深淵投。
俄然奮一擲，　跳空若雲浮。
四壁共啾唧，　欲歎鯁在喉。
機聲出後艙，　軋軋增煎憂。
老郭痛而呻，　額汗黏不流。
"堅坐慎勿動"，驚呼出暗陬。
林子低眉坐，　默禱天垂庥。⑤
我坐執其手，　諒不遺我否！
鬼伯去我咫，　微聞鼻息咻。
了知必不活，　焉能無冀求？
男兒死有地，　豈屑壑與溝！
嗟我歷百險，　亦爲升斗謀。
此時燈影下，　道遠思悠悠。
妻子夜不寐，　轉側風雨愁，

安知千里外，　乃逐波臣游，
識與不相識，　骸骨同一丘？
忽焉心斷絶，　步步臨九幽；
偶然浪稍定，　又覺生意抽。
生死俄萬變，　眩轉盆中骰。
舟子亦旁皇，　疾進無他籌，
時時探首望，　沉綿冀自瘳。
良久風勢挫，　不與先時侔。
忽聞岸上語，　失喜相挽摟。
二鼓到海口，　四無燈火樓。
觳觫立簷下，⑥　相顧如病鶖。
投止得賢主，　進我粥一甌，
人情窮易好，　氣血皆和柔。
夜深上小閣，　單枕無衾裯。
夢中屢起坐，　塞耳風濤齁。

注：①此詩據《國立浙江大學龍泉分校校刊》第一期補録，1941
年1月1日出版。原署名"聲越"。　②福清：爲福建省福州市轄縣級市，
位于福建省東部沿海。　③庚辰：此爲1940年。　④亭午：指中午、
正午。　⑤庥（xiū）：同"休"。　⑥觳觫（húsù）：恐懼顫抖的樣子。

意行

浙江龙泉（1939）

竹裏雞聲報午天，　意行隨處聽流泉。
松衫綠毬村邊路，　蕎麥花開嶺上田。

戰後遊海寧
一九四六

禹王宮殿没煙蘿，　十載驚心戰伐過。

終古胥濤流不盡，　滿城禾黍月明多。

寄坊下諸生 ①

昔住溪南樓，	雙虯互盤鬱。
清風四時來，	長夏忘煩熱。
蒼翠滿衡門，	蠲愁豈無物。
諸生多英彥，	講貫道不闕。
懷哉斐然子，	別來閑何闊。
方署已徂冬，	何用慰饑渴。
及此巖居幽，	朝華勤采掇。
日進能幾何？	歲月苦飄忽。
齊語有楚咻，	郢書多燕説。
尊讀輪人篇，	勿騖世間轍。
昨者負痾歸，	閉門甘養拙。
商詩久廢攻，	點瑟今方輟。
深燈寒雨來，	木葉空庭説。
卻憶山中時，	講堂對漢月。

注：①此詩於前年整理先生遺稿時檢得，今録此轉致坊下舊日學友——施亞西。

風雨龍吟樓

一樓風雨情，　簾卷南山影。

午夜讀陰符，　波濤來隔嶺。

霜皮三百樹，　拄此堯禹天。

會待春雷發，　蛟龍驚晝眠。

注：① 風雨龍吟樓：浙江大學龍泉分校教師簡易宿舍。

王季思

　　王季思(1906—1996)，學名王起，字季思，以字行。室名玉輪軒，浙江永嘉人。著名戲曲史論家、文學史家。1941年後相繼任浙江大學、之江大學、中山大學教授，國務院古籍整理規劃小組成員、國務院學位委員會第一屆學科評議組成員。著有《西廂五劇注》、《集評校注西廂記》、《桃花扇注》、《中國十大古典悲劇集》、《中國十大古典喜劇集》、《元雜劇選》、《元散曲選》、《中國戲曲選》、《全元曲選》、《王季思學術論著自選集》等，並應教育部之聘，與游國恩等三教授共同主編高校文科教材《中國文學史》。

伏牛灘

自麗水至龍泉，有灘曰伏牛，因雜取船夫歌謠，以成篇詠。永嘉有"鍋竈吊在腿肚上"之諺，意謂長年在外作客也。

小暑一陣雨，溪水沒牛肚；
大暑一陣雷，溪水沒牛背。
灘前灘後浪如山，
路上行人步步難。
年年腿肚吊鍋竈，
愁水愁風令人老。
不如歸種五畝栗，五畝稻；
晴亦好，雨亦好。

姑嫂店

去歲浙東事變，予避寇江山，見有所謂姑嫂店者，不圖又於龍泉遇之。劍池在龍泉縣治之西南，去大溪約百步，水最清冽。

姑嫂店，姑嫂開，

小姑應門市，嫂嫂坐櫃檯；

午風燕語迎人起，

夜燭星眸射客來。

江常輕薄兒，金蘭大腹賈；

營營蟻附膻，擾擾蟲趨腐。

昨日將軍前綫回，

過門一見幾徘徊，

避人暗遞紅羅帕，

背地頻傳青鳥媒。

將軍謂小姑：「非關煙味殊，

蔥蔥玉指傳芳澤，

重是姑娘親手糊。」

將軍謂嫂嫂：「非關煙味好，

願憑香草結綢繆，

要卿知我心中燒。」

蘭風過，聞軟語：

「小姑本有郎，儂身亦有主。

但願將軍下臨安，

小姑與郎早團圓！

但願將軍克杭縣，

郎與奴奴重相見！

狂蜂漫顛倒，浪蝶空猜疑；

欲知心跡雙清處，

溪水西頭是劍池。"

【附注】江常：指浙江的江山、常山；金蘭：指浙江的金華、蘭溪。

賣菜老

賣菜老兒老不知，
年年種菜傍大溪。
雞皮夏午雨千點，
鶴髮秋晨風幾絲。
賣菜如嫁女，種菜如養兒，
幼苗難將護，老大恐失時。
自從金蘭兵事起，^①
菜價十倍漲不止。
分教兒女理園蔬，
獨自朝朝上城市。
城頭啞啞叫早鴉，
雞飛上屋牛翻車。
驚傳新編九軍至，
大隊小隊如斷蛇。
奪我懷中鈔，擲我籃中菜。
逼我挑軍資，鞭撻不少貸。
前頭沉沉五枝槍，
後頭布匹壓軍糧；
肩膀漸重痛難忍，

家鄉逾遠心暗傷。

行行向午眼生花，

老兒僵臥任鞭撾；

槍聲忽起四山寂，

血染白髮成紅紗。

月黑林深魂夜回，

守園黃犬吠聲哀。

癡心兒女夢中醒，

猶道爺爺買餅來。

【作者原注】 這是一九四二年在龍泉寫的。當時國民黨新編第九軍紀律極壞，我在一九四二年九月跟浙江大學龍泉分校學生從龍泉遷往福建松溪時，親見他們在路上槍殺一個頭髮花白的菜農。

注： ① 金蘭兵事：指日軍侵犯浙江的金華、蘭溪。

霧 ①

嵐氣蒸成霧，　霧深氣轉寒。

檐花雲裏落，　園葉雨中看。

草木懸新淚，　山河失舊觀。

故鄉何處是，　未許問平安。

附注：這是在龍泉寫的，時溫州淪陷，家人久無消息。

注：①《霧》與《懷芬曲》兩詩錄自《王季思詩詞錄》，1981 年 3 月，浙江人民出版社。

愫芳曲

浙江大學芳野劇藝社會演曹禺《北京人》，感賦。

愫芳二十三十時，　幽谷孤芳蘭一枝；
纏綿素抱無人識，　惋晚春情祇自知。
雲中倦羽翻無力，　露眼瑩瑩凝怨碧；
更闌屋角墮娲天，　銀河缺處黃姑泣。
曉色雞鳴山復山，　風裳霧鬢去無還。
莫愁前路霜華至，　昨夜春風度玉關。

龍泉早春

春蘭婀娜如佳人，玉梅照眼明狀新；

蓮頭奴子棕櫚竹，黑葉柚樹雙昆侖。

先生連朝不出門，長吟抱膝無與親。

"梅乎汝賦詩，蘭汝爲和之！"

中庭無風牆影動，枝回葉轉恍若有所思。

先生顧奴急喚酒，我將酌汝以龍泉百裂之宋後。

蓮頭奴子忽搖手，昆侖噎氣聲否否。

"日南海色青連天，交州二月春無邊。

大兵直下怒江埂，氣壓狂虜不敢前。"

我知奴輩意，啞我無遠志。

中華國運方駸駸[①]，山無離兮海無深！

何爲掩鼻徒酸吟，詩我擲筆出門去，階草檐花盡軒翥。[②]

注：①駸駸（qīn qīn）：馬速行貌。 ②軒翥（zhù）：飛舉貌。《楚辭·遠遊》："鸞鳥軒翥而翔飛。"

144

龍泉除夕

笑啼兒女尚燈前，　　爐火無温我欲眠。

便有歡娛非昨日，　　相看鬢髮各中年。

西山曉色添眉翠，　　吳市春色到枕邊。

回首師門一淒絶，　　蕉風椰雨暗蠻天。

注：此詩據《王季思詩詞録》（1981 年 3 月，浙江人民出版社）補録。
作者原注：“一九三〇年春天，我偕碧霞在蘇州雙林巷吳瞿安先生家作
客，賦《浣溪沙》詞，有‘清曉妝成試倚闌，片雲爲我故東來，要將
眉翠鬥吳山’之句。一九四一年在龍泉過除夕，時瞿安先生已病歿滇牽，
思之悲愴。”

碧霞：作者妻子王碧霞。**吳瞿安**：吳梅（1884—1939），字瞿安，
晚號霜崖，長洲（今江蘇蘇州）人。22 歲任東吳大學堂教習，以後歷
任蘇州存古學堂、北京大學、東南大學、中山大學等教授，是海内公
認的曲學大師。

臨江仙

和瞿禪風雨龍吟樓呈孫養臞先生

一角山樓塵不到，燈窗記伴維摩。夜闌風雨起龍柯。群魔從嚄唶^①，老子自婆娑。

三宿歸來驚劫換，眼前一片煙波。華年心事兩蹉跎。待招鸞嘯客，和我鳳兮歌。

注：① 嚄唶（huō zé）：形容氣勢盛。《史記·魏公子列傳》："晉鄙嚄唶宿將。"張守節《史記正義》引《聲類》："嚄，大笑；唶，大呼。"

好事近
梅

竹裏見梅開， 春意深深誰識。折取一枝簪帽， 破東皇慳嗇。

一晴便覺悶些些， 懷抱新來別。幾度初陽窗下， 伴那人愁寂。

連理枝

　　風葉鳴階砌，布被生秋意。夢短宵長，愁深醉淺，怎般滋味。更錦屏璧月不留人，忍江山雙淚。

　　幾度挑燈起，花影猶沉睡。眠食關心，也應瘦損，謝娘眉翠。待寄書說與莫相思，早相思滿紙。

　　【原注】這是在龍泉風雨龍吟樓寫寄碧霞①的。上片結韻意謂江山未復，不能不忍受離居之苦。

　　注：① 碧霞：王季思夫人徐碧霞。

鵲橋仙
舟行至碧湖，與瞿禪聯句

市聲不到，曉鐘未動，渡水閑雲幾朵。灘前灘後浪如山，正昨夜雷灣雨過。（瞿）

煙嵐照眼，水風散發，佳處容人並坐。若教吹笛到銀河，料應有雙星識我。（瞿）

洞仙歌
吳門舊照感賦

甲申元月①,將赴龍泉,檢行篋,得庚午除夕碧霞吳門舊照,感賦。

銀屏對展,記吳門雪霽,人在湖山畫圖裏。到黃昏,恰好別歲詩成,又勾起生少相思情味。

離愁催老大,兒女辛劬,②減了蕭娘舊眉翠。昨夜夢初回,隱忍春寒,重珍惜早鬟半臂。但願取生生莫相忘,拼衾枕雙清,換他來世。

注:①甲申:此指1944年。 ②辛劬(qú):辛苦,勞累。

任銘善

任銘善 (1913—1967)，字心叔，江蘇如皋人。1935 年畢業於之江大學國文系，曾任之江大學講師、浙江大學教授。新中國成立後，歷任浙江師範學院教授、副教務長，杭州大學教授，民進浙江省委第一屆副主任委員。長期從事古文獻、古代漢語、現代漢語的研究和教學，著有《禮記目錄後案》《漢語語音史概要》《無受室文存》等。

151

紀行

千山回印渚，　一棹下桐廬。
夾岸初收網，　家家喚買魚。（桐廬）

釣臺一片石，　幾見海揚塵。
慟哭原吾事，　難尋甲乙人。（嚴州）

穿谷疑無路，　回峰忽見城。
城頭日未落，　山腳雨雲生。（安吉）

急雨溪新漲，　前溪失板橋。
短舟應可渡，　隔水試相招。（松陽）

隔岸雲千樹，　臨流屋一間。
客來茶未熟，　獨坐對青山。（麗水）

卜居

剑尘燈影暗侵寻，　風雨危樓感不禁。
欲向人間問朝暮，　浮雲東起日西沉。

呈王敬五丈 ^①

丈曾從先外祖陳十璹先生遊。

王翁吾父輩，　相見鬢如絲。
喜我自嬀出，^②緬懷鼓篋時。
舊遊成換世，　一老獨哦詩。
手種紅桑就，　待看海水移。

注：① 王敬五，浙江海寧人。1941 年到浙大龍泉分校任職。　②
嬀（guī）：水名，在山西省境内。

龍泉無魚

家書來云珠兒問龍泉有大魚邪？

望眼青山迥，　　登樓感慨餘。

獨爲異縣客，　　近得鄜州書。[①]

涕淚兵塵隔，　　江湖歸夢疏。

牙牙小兒女，　　念我食無魚。

注：① 鄜（fū）州：在今陝西省延安地區。杜甫《月夜》詩有句云："今夜鄜州月，閨中只獨看。遙憐小兒女，未解憶長安。"作者此時憶家小之情，與杜甫相同。

雜言

虎豹雖不飽，　不與萑瘝爭。[①]
蚿蛇雖無足，[②]不羨趻踔行。[③]
一世即危亂，　吾身常治平。
咄哉箕潁士，　辟人亦近名。
何不觀物理，　得喪兩望情。

淵明昔卜居，　所慕素心人。
落拓固守拙，　詩書共討論。
招要一杯酒，　脫然得道真。
相對忘言語，　一心但異身。
邈矣區區意，　千載若爲陳。

兀兀二古松，　闇闇長不老。
又有千楓樹，　紅艷速枯槁。
我持百折身，　對之成絕倒。
豈無根與株，　厥性殊久夭。
仁靜樣有餘，　榮名不須早。

歲寒野物收，　晴佳雨亦好。

仰觀往來雲，　俶爾過飛鳥。
前村急晚春，　静響出林杪。
籜隕與沙墜，　希夷破幽眇。
視聽境不礙，　此意接羲吴。

施生愛畫松，④橫筆傳夭矯。
危立故不群，　泠然負奇表。
一語聊相開，　務質不尚巧。
手眼與心通，　詩書添襟抱。
雲夢吞胸中，　落紙成宗老。

瘢胰點我面，　攬鏡時缺然。
不遠秦楚路，　出門行自憐。
寓道不擇器，　吾痛豈容顏。
不見哀駘它，　支離才乃全。
寧羨鄧夫人，　丹藥競華妍。

鄙事到乘田，　丘豈不知圃。
爲上自有體，　乃不小人與。
四民各世事，　善政賤商賈。
惟士爲有恒，　今乃異於古。

賜也賢乎哉， 百世以爲語。

注：① 萑（huán）：蘆類植物，幼小時叫"蒹"，長成後稱"萑"。 ②
蚿（xián）：蟲名。 ③ 趻踔（chěn chuō）：跳着行。 ④ 施生：指
作者學生施亞西，浙大龍泉分校師範學院國文系 1944 屆學生，新中
國成立後爲華東師大教授。

冬夜與瞿師聲越季思賦風雨龍吟樓[1]以未知明年又在何處分韻得處字明字

我行入南中，	雲峰失前路。
突兀見此樓，	一卧成小駐。
開軒千松立，	風雨時來去。
希音倏奔騰，	出覓不知處。
江公錯川原，	葟蒲空繁庶。
豈無櫸與柳，	曲局仍傴僕。
忽覿負霜骨，	訝與高人遇。
明年北還歸，	四海休兵戍。
便攜數寸栽，	移作故園樹。
咄咄無家別，	登樓每心驚。
托茲一椽居，	遮眼山亂青。
向晚起霜風，	穿樹月有聲，
照我三四客，	淵默共忘形。
詩思渺已遠，	酒爐寒不明。
平林啼夜鳥，	複壁走鼫鼯[2]。
雨渴竹瓦裂，	松子落玲玲。
還顧相詫愕，	起坐不能平。
呼火且更醉，	明看二毛生。

注：① 瞿師：作者老师夏承燾，字瞿禪。聲越：徐震堮，字聲越。季思：王起，字季思。時四人均在浙大龍泉分校國文系任教。　②鼯鼪（wú shēng）：大飛鼠和黄鼠狼。

除夕

癸未龍泉 ①

年年買燭題新語，　擁鼻三更節鼓催。

忽憶幾人猶陷賊，　可能獻歲一銜杯。

故園破夢仍千里，　客館看春又此回。

爆竹前村動天響，　驚弓殘羽莫疑猜。

注：① 癸未：此爲 1943 年，是年除夕爲陽曆 1944 年 1 月 24 日。

筇邊

筇邊絲柳欲生風，　初日溪雲憶紅酒。
不得一封江北信，　朝朝流水自西東。

瞿師自靈巖寄詞見憶

平生幾師友，　山水見情真。

隱幾吾何有，　開緘忽不貧。

浮雲去無極，　歸鳥意俱親。

一壑他時事，　南村倘結鄰。

別鶴驚寒瘦，　仍逢舊令威。

入山無好計，　看水易思歸。

一雁都寥落，　百憂有奮飛。

慚將千里意，　抱膝學忘機。

任銘善

遷山中居始聞鳥聲

自我居人境，　鳥聲久不聞。
忽來眾山裏，　臥聽千百群。
曉日初過嶺，　夜霜欲作雲。
微吟予和汝，　寒葉落紛紛。

165

虛堂

十年湖海片雲輕，　辛苦牀頭二尺檠。^①
落葉滿階風細細，　虛堂夜半讀書聲。

注：① 檠（qíng）：燈架，也指燈。

任銘善

堂下

堂下流波逝不歸，　雁邊塵雨上人衣。
忍冬爲有春回願，　靜看西風黃葉飛。

除夕

甲申三元^①

倦眼看春苦味真，　　羈懷懶逐歲華新。

經年又作窮邊客，　　四海難藏百劫身。

斫地悲歌空復爾，　　問天晴雨總無因。

明朝會有承平意，　　莫遣屠蘇泥醉人。

注：① 甲申三元：農曆一九四四年正月初一，陽曆爲 1944 年 1 月 25 日。農曆正月初一爲年、月、日三者之始，故稱"三元"。

閩中送人兼憶去年送別

三歲食南中，　　乃得二年少。
頗具落落姿，　　亦抱望望摻。
幼學各有親，　　異趨顧同調。
遽爾出肺肝，　　破默紛一笑。
一獨輕千金，　　反身得所好。
此意幾人知，　　出門但枘鑿。①
旁皇欲自凝，　　剖視轉熠耀。
日月誠無爲，　　稊米宅四隩。
明明豈足侍，　　忍寒守吾爝。
心會各心期，　　取益成三樂。

去年松間別，　　揮手隔嶺橋。
今又別沙溪，　　魂夢徒縈繞。
歧路寧不悲，　　此身亦有造。
慎哉斂毋宣，　　衆止歸一照。
說玄甘自賞，　　微尚勉可效。

我病强起行，　　送子不能釂。
來日作伴還，　　五字更相勞。

　　注：① 枘鑿（ruì záo）：枘，榫頭；鑿，榫眼。枘鑿爲方枘圓鑿的簡語，比喻兩不相合或兩不相容。《楚辭·九辯》："圓鑿而方枘兮，吾固知其齟齬而難入。"

浣溪紗
夢回聞遠市歌管聲三元

露月無言鎖暗塵。西風池苑暖於春？六街簫鼓夜歸人。

秋夢咋添今日恨。客程長著苦吟身。忍拋啼雨向歌雲。

洞仙歌
甲申中秋三元

晚雲如洗，正今宵月滿。屈指天涯又秋半。照小庭瓜果、片晌歡情，都不照，人世幾多淒怨。

廣寒歌吹，渺鉛露金盤。忍向西風唱漢辭。三十六離宮，誰信年年也，愁説夜長夢短。更休問，明朝一分殘。但商略，眼前酒杯深淺。

水龍吟

一九四一

予庚辰作落葉詞，諸人以碧山此調和之。次年警益亟，因補作一解。

霜紅已自無都，那堪連夜風兼雨。曉來試聽，紛紛才掃，蕭蕭又聚。斷雁聲淒，寒蛩聲切，哀蟬聲住。甚倦鴉猶戀，殘枝棲穩，應不是，故園樹。

韻事長安曾記。傍宮溝、傳心將素。舊情回首，飄雪一例，飛花飛絮。遮莫春深，頓成秋晚，人間朝暮。待何時都駕，遊空野馬，度千山去。

注：此詞據陳志明主編《詩詞浙大》（2007 年 5 月，浙江大學出版社）補錄。庚辰：泛指 1940 年。碧山：宋末詞人王沂孫，號碧山。與周密、張炎、蔣杰並稱"宋末詞坊四大家"。

浙江大學龍泉分校部分學生詩詞

傅毓衡

傅毓衡，江蘇盱眙人，肄業於浙江大學龍泉分校理學院生物學系。

負笈來浙途中感懷 ①

雖有熊魚歎，終能戰勝之。
丁年應向學，午夜每沉思。
豈爲饑寒迫，羞看歲月馳。
隻身從此去，白髮可曾知。

跋涉千餘里，今吾似樂羊。
西風吹落葉，明月照行裝。
但覺山河壯，寧知道路長。
苦心天不負，夙願已能償。

浮生似爪鴻，不復記西東。
秋水連天白，霜林染血紅。
地危無鳥下，屋老有塵封。
野日荒荒甚，昂頭問碧穹。

滾滾大江流，風煙接素秋。
山如人面瘦，雲似白衣浮。
雁思添離緒，烏棲寄別愁。
嶔崎兼歷落，客里怕登樓。

179

　　注：① 此詩據《國立浙江大學龍泉分校校刊》第 3 期，1931 年 2 月 1 日出版。《國立浙江大學龍泉分校校刊》現浙江大學檔案館共保留三期。

徐朔方

　　徐朔方（1923—2007），本名步奎，浙江东陽人，1943年秋考入浙大龍泉分校國文系，後轉英國文學系。新中國成立後歷任杭州大學、浙江大學中文系教授、美國普林斯頓大學客座教授。兼任國家古籍整理出版規劃小組顧問、教育部全國高校古籍整理研究工作委員會委員、中國戲曲學會副會長等。1956年加入中國作家協會。曾任第六屆全國人大代表、第七屆浙江省人大常委、國務院學位委員會中文學科評議組成員。

徐朔方

呼唤

真理與謊言怎樣辨別，
希望與幻滅怎樣分開？
哪怕休息一下也好，
正想在半路上停下來。

風啊輕輕地吹，
是不是有人呼唤我的名字？
如此熟悉又如此生疏，
誰也不曾叫過我這個名字。

一次一次聽聽遠了，
忽又親切地如在面前；
一次一次聽聽近了，
却又遥遥地在我的前面。

北極星亮在樹頂，
夜行人又在邁步前進。
埋藏着危險的崎嶇小路，
不久就會通向黎明。

　　按：作者原注：“1944 年 3 月 27 日，龍泉石坑壠。”以下六首寫作日期也爲作者原注。

徐朔方

河流

有時一瀉千里不可抑制，
有時迂回曲折風光明媚，
有時平静，有時如萬馬奔騰，
永不改變的是前進的意志。

奔騰到海的黄河水，
萬鈞雷霆把龍門劈開。
一片汪洋的長江口，
從三峽的驚濤駭浪中過來。

水準如鏡的托里木河，
愛在没遮攔的盆地裏徘徊，
没有急流，没有險灘，
甘心讓自己在沙漠裏沉埋。

1944 年 5 月 7 日

星星

因爲有星星，
黑夜才不會那麼猙獰。

如果説
星光雖然微小，
也在向人誇耀，
説話者只是顯示，
自己多麼可笑。

星星在黑夜裏，
因爲發出過多的光明和熱力，
而在微微地戰慄。
自然哪怕是最弱小的，
甚至那些顯不出光芒的星星，
在這樣的黑夜，
也已經同樣獻出自己的一切。

孤星

没有熱力，
　三顆、四顆、五顆，
　十顆、百顆、千顆，
無數星星組成的莊嚴行列，
也許會使黑暗退却。

永遠是這樣的黑夜，
星星的痛苦怕難以忍受。
可是他們相信，
正在自己艱難的時候，
太陽已把光明和希望，
傾注在另一面大地的黎明，
並使它變成光輝的白晝。
即使自己被黑夜所吞噬，
他們也沒有怨尤和憂愁。

1944 年 12 月

斷句

一

人的賜予使我自嘲，
給人幫助，
感到的却是自己的微渺。

二

在雷雨和山海之前，
我高傲地揚起了頭；
在羊齒和野葷之前，
却只怕謙虛不夠。

三

爲什麽自己跨過來的脚步
如此親切，
自私
引起了我的警惕。

1945 年 10 月

論詩

一

人是藝術，
詩是藝術。

因爲是人，不能過於美好，
因爲是人，不會過於卑賤。

二

現實的美一如理想，
理想的真一如現實。
兩者同時植根於生活的沃土，
而由陽光賦予生命。

三

自然是美的，
人工可以更美。

有不加修飾的美，
經過修飾可以更美。

琢磨不是掩飾，
暴露的醜惡比藏匿的美。

四

格律不在字句與聲調。
潮汐有常，
天上密密麻麻的繁星，
各自遵循自己的軌道。

1945 年 10 月 30 日

紅葉

只要我的愛情，
是你園中楓樹上的一張葉片，
在這百花開盡的季節，
也該紅到你的窗前。

1945 年 11 月

眷戀
——贈石坑壠

一

如果到今天，
才想起你的好處，
在你睫毛下，
該有一顆委屈的淚珠。

二

離開你，
我去更好的地點；
送走我，
你有更淳樸的山民。
然而，
我們相對無言。

三

一切美善的地方，
都要據爲己有嗎？
人所能駐足的，
能比一朵野花，

超過多大？

四

鋪蓋箱子都已經整理，
我還有什麼東西忘記？
失落在每天散步的小徑，
我有太多的回憶。

注： 此詩寫於 1945 年 11 月 7 日作者離開龍泉，步行遷回杭州出發前夕。以上七詩均錄自《徐朔方集》（第五卷），見浙江古籍出版社 1993 年 12 月版。

施亞西

施亞西（1923.12—），杭州蕭山人。1941—1944 年求學於浙大龍泉分校師範學院國文系。曾任華東師範大學教授、華東師大出版社編審，上海《中華詩詞年鑒》及《當代上海女子詩詞選》副主編。

坊下歲暮

風緊屋茅翻，　夜深人語寂。
明滅一寒燈，　遥對千山雪。

龍泉山中遇童子

曲徑遇童子，　言是採樵去。

客音雖半解，　談笑頗如故。

我住松岭巅，　君家在何處？

何事來深山？　何時將復去？

異日欲重來，　我家可小住。

茅屋三兩椽，　田園足雞黍。

我善作彈弓，　爲君捕雉兔。

寒夜聞大風雨

中夜發奇響，　初聞起林顛。

空山傾急雨，　巨浪擊危船。

狂風作野語，　衆竅亦附炎。

怒意不能測，　大力欲移山。

我睡温衾裏，　如行天地間。

憂思不能寐，　人間多饑寒。

好事近

1942年春，隨瞿禪、敬五、聲越師渡大沙探梅。

簾外過東風，應是舊時相識。聞道江南春早，問如何尋覓？

却憐今歲故園梅，誰與伴清寂？怨我不歸猶可，恐歸期無日。

聲聲慢

病中聞山花已殘，有懷家山鄉親。

　　堦前欄畔，葉底枝頭，東風一霎狼藉。愁擁寒衾，忍聽劍鳴簫咽。闌珊淚痕酒影，到心頭、一般難拭。笑語裏、有傷心無數，了無人識。

　　獨向天涯浪跡。負幽人、煙蓑雨笠相憶。故國春深，莫問燕鶯消息。千山萬山啼宇，隔疏簾、晚來聲急。又細雨，一更更、爭教睡得。

一剪梅
見瓶梅已殘

香霧濛濛一夢縈。醉也微醒，醒也微醒。最模糊處最分明。花影婷婷，人影婷婷。

怕惹閒愁理不清。收了殘英，葬了殘英。落紅底事却幹卿？花自無情，人自多情。

浣溪沙

一境清虛香暗飛，松邊故立西尋思。愛他高樹落花遲。

睡裏鶯聲傳底語？覺來似味輞川詩。萬松嶺外夕陽時。

洞仙歌
風雨龍吟樓抒懷

　　黃昏乍雨，聽松濤如吼。獨耐單衣憑欄久，爲心頭、別有一縷溫馨，長夠我、敵得晚來風驟。

　　孤雲何處去？無數青山，都爲爭春試眉秀。不寐待雞鳴，且上高樓，山窗外、茫茫宇宙。但漸見天邊一星明，破裏夜沉沉，向燈遙逗。

鵲橋仙

1944 年春隨聲越心叔師遊白雲山。

苔光迎路，林音答響，清趣幾人能得？群峯
一步一奇觀，正雨過、雜花競發。

蔽空翠老，曳雲墨淡，我亦畫中人物。更何
妙筆奪神工？怕損了、天然顏色。

（聲越師有"施生愛畫理，茲遊記其最"句。）

風入松
聽松

乍聞清籟下諸天，仿佛出鳴弦。又疑海水東流去，細聽來，却在松顛。回首忽然飛杳，不知落在誰邊？

化身便欲逐雲煙，隨韻共迴旋。待招雲外吹笙侶，和鐘鏞、流轉千山。譜就丹心一曲，從風散向人間。

八聲甘州 ①
籬菊（1945）

　　正蕭蕭禾黍滿江村，一枝報清秋。繞東籬百轉，拋身醉裏，會意心頭。不辭煙寒露重，來與結清幽。甚事還開晚？早惹凝眸。

　　何處蕭聲如慕？對空山落木、雲際銀鈎，念陶公屈子，千載共神遊。恨梅花、無緣相見，道平生、此處是真愁。秋深也，住風霜緊，不與輕酬。

注：① 此前 10 首，均由施亞西先生提供。這首《八聲甘州》據陳志明主編《詩詞浙大》（2007 年 5 月，浙江大學出版社）補錄。

劉序俶

劉序俶（1918—2005），江西南昌人，浙大龍泉分校學生，畢業於電機系，後從事水電建設工作。

龍泉憶舊

負笈龍泉十里莊，　小村林茂近山鄉。

弦歌不絕文風美，　雨露勻稱草木長。

夏夜張燈狐解剖，[1]　新春召戲點秋香。[2]

風流有種緣求是，　海宇知名鄭曉滄。

作者原注： [1]1940年暑假學校從鄉民處購得狐一隻，當夜張燈解剖並講解。　[2]1941年春節學校在校前搭臺，請龍泉地方戲班演出唐伯虎點秋香故事，與民同樂。

注： 此詩及注均錄自葉放主編《情繫芳野》。

王克平

王克平，即王慶國，江蘇無錫人，龍泉分校師範專修科國文系 1943 屆學生。新中國成立後長期在南京從事教育工作。

代簡浙大龍泉分校諸同窗憶昔二首

東西南北聚龍泉，　　文理農工各競前。
白米豈如紅米美，　　竹根何讓蕨根鮮。
亞歐有國皆酣戰，　　華夏無家不倒懸。
蒿目時艱心轉壯，　　含辛茹苦心陶然。

冒死投師走浙東，　　砂崗木屋霧迷空。
晴明鳥語千竿竹，　　風雨龍吟一徑松。
北嶺春花鋪錦繡，　　南山冬雪塑瓊宮。
霜晨月夕齊磨礪，　　期爲吾民斬虎熊。

書懷

辭家抗日逐煙塵，　　五十年來一葉身。

落溷墜茵風弄巧，　　追朱遠紫我求真。

死雖萬次埋鄉土，　　生若千回利國人。

浩氣長存胸臆裏，　　天寒地凍總成春。

注：以上二題三詩均錄自葉放主編《情繫芳野》。

朱　鵬

朱鵬，浙江温州人。龍泉分校國文系 1946 屆學生。曾任温州師範專科學校副校長。

朱　鵬

憶江南

芳野好，滴翠佛山頭。滿谷鮮花艷似錦，一灣溪水綠如油。何日得重遊。

芳野好，聲譽播千秋。立雪囊螢石坑壠，春風化雨龍吟樓。人物盡風流。

注：以上二首均錄自葉放主編《情繫芳野》，原作有三首，茲選二。

記浙大龍泉分校和風雨龍吟樓詩社

陳奕良

　　1941 年，我負笈龍泉。浙大龍泉分校設在離龍泉約七八里的芳野（原名坊下），分文、理、工、農、師範五個學院，文、理、工、農四院的學生，僅讀到二年級爲止，二年級的課程修完後，到遵義總校畢業。師範學院有初級部（三年制）和本科（五年制）之別，師範學院的學生，不去總校，均留龍泉。時分校主任鄭曉滄，教務長朱重光，訓導主任陸永福，總務主任陸子桐，體育主任屠鎮川，教務組長湯冠英。分校辦公室設在芳野曾家大院。這是一幢民房，被分校所租用，是總部的所在地。師範學院的教室、宿舍和膳廳，均分布在石坑壟附近的平坡上，系新建的竹木房。學校行政人員和教授、講師、助教、職員們，大多沒有宿舍，有的租用附近民房，有的賃居龍泉城裏。因教授們來往授課不便，學校復於 1942 年在萬松嶺北崗松蔭間葺竹爲樓，鄭曉滄老師取杜子美詩"風雨龍吟細"句，名之曰"風雨龍吟樓"，爲教授們息宿之所。我記得當時住風雨龍吟樓的有鄭曉滄、孫養癯、徐聲越、夏瞿禪、王敬五、任心叔、胡倫清、陳仲和、金叔聞、錢逸塵、徐淵若等老師。王季思老師初住龍泉城裏，後亦搬來風雨龍吟樓居住。他們相互吟詠，雖時世險惡，亦堅守崗位，毫不動搖。晨夕面對南山，相與高睨，其抑塞磊落之氣，一寓之於詩。養癯、敬五二師，均年逾花甲，老而彌堅，意氣益振，心志更屬，每在課中談到古往今來朝野間事，娓娓不倦，繪影畫聲，閑以笑謔。及至國家興亡，民族大義，綱常名教，不稍借，是可見其氣節。孫師學識淵博，文學修養極高，據説他是分校特約教授，是來校講授詩經的。故當時在分校的文科教授中，聲望頗高。他來分校後，風雨龍吟樓酬詠之風遂盛。當時由分校主任鄭曉滄倡議，組織風雨龍吟樓詩社，風雨龍吟樓詩社之名，緣之以立。曉滄師有吟“風雨龍吟樓首次社集”之詩云：

高士愛幽林，寧辭雲屐深。

虬松能折節，空谷有知音。

停目山河靖，長歌天地心。

斯文會風雨，不絶聽龍吟。

孫養臞師曾有一詩“呈鄭曉滄老師”。其詩云：

肯從秦火尋煨爐，橫舍傳經漸髦荒。

弦誦令教歌二雅，梗楠喜有木千章。

窮秋風雨龍吟細，春枕喧豗灘水長。

箋註蟲魚先識小，鄭家詩譜富三倉。

王敬五老師有“和臞翁韻”詩云：

寄情鬱屈生風雨，坐嘯山樓四野荒。

此日故鄉餘草木，當年國老重文章。

好溪殘月懷秦監，劍水荒祠籀經倉。

末座問經從老好，山亭花落日初長。

其他還有徐聲越、陳仲和等老師有“和養臞先生”詩，不一一列舉。

夏瞿禪師有鷓鴣天一闋“和養臞翁寓山中饑餓”。其詞云：

不向華堂照酒波，松窗月似鏡新磨，冬烘相對神猶王，春夢都醒鬢未皤。

221

行答颯，舞婆姿，未能攤飯且高歌，山頭蕨與溝中瘠，不及朱門飽死多。

還有胡倫清老師"贈養臞先生次飲西街寓齋無韻"詩："休官種菊陶元亮，避寇移家管幼安"等句。縱觀諸詩，當時風雨龍吟樓中，孫養臞老師比較突出，在詩社中，似一中心人物。後來孫師母辭世，養臞師回景寧山中家居。王敬五老師亦遷居芳野，風雨龍吟樓詩社遂散，不復有酬和吟詠之詩出現。風雨龍吟樓詩社有詩詞集一冊，上半冊爲詩集，下半冊爲詞集，系油印本。前有徐聲越老師的序文。我曾見過。且手錄其佳者，朝夕吟詠之，故頗熟悉。風雨龍吟樓的詩詞，大多寫他們避寇的艱苦生活，及對時世的感慨。當時他們不肯奴顏婢膝，做賣國賊，當漢奸；也不肯爲國民黨政府辦事。他們從事教育，風雨同舟，克服種種困難，砥礪晚節，傲然不屈，於其詩詞中到處可見。今誌其事，以曉來者。

錄自浙大校友總會 1997《浙大校友》

圖書在版編目（CIP）數據

新編風雨龍吟樓詩詞集 / 張夢新，任平主編 . —杭
州：浙江大學出版社，2018.5
ISBN 978-7-308-17839-6

Ⅰ . ① 新… Ⅱ . ① 張… ② 任… Ⅲ . ① 詩詞－作品集
－中國－現代 Ⅳ . ①I226

中國版本圖書館 CIP 數據核字 (2018) 第 007032 號

新編風雨龍吟樓詩詞集

張夢新　任　平　主編

責任編輯　宋旭華
責任校對　楊奉聯
封面設計　周　靈
出版发行　浙江大學出版社
　　　　　　（杭州市天目山路 148 號　郵政編碼 310007）
　　　　　　（網址：http://www.zjupress.com）
排　　版　杭州中大圖文設計有限公司
印　　刷　浙江印刷集團有限公司
開　　本　880mm×1230mm　1/32
印　　張　7.5
插　　頁　6
字　　數　175 千
版 印 次　2018 年 5 月第 1 版　2018 年 5 月第 1 次印刷
書　　號　ISBN 978-7-308-17839-6
定　　價　45.00 圓

浙江大學出版社發行中心聯系方式（0571）88925591;http://zjdxcbs.tmall.com